Constitutions
Pharisaisme Chrétien

Edgar Quinet

Constitutions Pharisaisme Chrétien

Grâce à vous, la liberté de discussion ne sera pas étouffée; ici comme partout ailleurs le bon droit n'aura eu besoin que de se montrer pour l'emporter sur la violence. A la première nouvelle que le droit d'examen était menacé publiquement, on a pu douter d'une chose si étrange; lorsqu'elle a été certaine, toutes les opinions se sont réunies en un moment; vous vous êtes pressés autour de nous; et, par cette force irrésistible, qui naît de la conscience générale, vous avez prêté à nos paroles le seul appui que nous puissions désirer. Quelle que soit la diversité des impressions à d'autres égards, nous nous sommes confondus dans la même cause. Nous ne pouvions reculer d'un pas; vous ne pouviez nous renier; voilà ce que vous avez tous senti. Je vous en remercie au nom du droit et de la liberté de tous; les uns et les autres nous avons fait, je crois, ce que nous devions faire.

Ne pensez pas, d'ailleurs, que je n'aie désormais rien de plus pressé que d'envenimer mon sujet. Mon projet est tout différend. Je veux aujourd'hui ce que je voulais il y a un mois, étudier philosophiquement, impartialement, la Société de Jésus que je rencontre, sans pouvoir l'éviter; j'ajoute que je me fais un devoir de l'étudier, non chez ses adversaires, non pas même dans les œuvres des individus, mais seulement dans les monuments consacrés qui lui ont donné la vie.

Ce qui ne peut manquer de vous frapper, c'est la rapidité avec laquelle cette Société a dégénéré. Où trouver rien de semblable dans aucun autre ordre? Le cri public s'élève contre elle dès son berceau. La bulle de constitution est de ; déjà la Société est chassée, d'une partie de l'Espagne en , des Paysbas et du Portugal en , de toute la France en , de Venise en , du royaume de Naples en ; je ne parle que des Etats Catholiques. Cette réprobation montre au moins combien le mal a été précoce. Pascal, en s'attachant aux casuistes voisins de son temps, s'est tu sur les origines de la Société; ce grand nom de Loyola a détourné son glaive. Dans le procès du dixhuitième siècle, on a surtout fait comparaître le jésuitisme du dixhuitième siècle. Ce qu'il nous reste à faire, est, en le saisissant dans ses racines, d'établir que cette prompte corruption était inévitable, puisqu'elle était en germe dans le premier principe, et qu'enfin il était impossible au jésuitisme de ne pas dégénérer, puisque par sa nature même, il n'est rien qu'une dégénération du christianisme.

J'ai montré avec impartialité, je l'espère, l'ascète dans Ignace de Loyola. Voyons aujourd'hui le politique. Son grand art est de s'effacer au moment où il touche le but. Lorsque sa petite société est réunie à Venise, et qu'il faut faire le dernier pas, aller à Rome, demander la consécration du pape, il se garde bien de paraître. Il envoie à sa place ses disciples, des hommes simples et soumis à toute autorité. Pour lui, il se cache, craignant de montrer sur son front, s'il paraît, le signe de la toutepuissance; le pape, en agréant les disciples, croit acquérir des instruments; il ne sait pas qu'il vient de se donner un maître.

C'est un trait que Loyola a de commun avec Octave: il touche au but de toute sa vie; pour s'en mieux emparer il commence par le repousser. Au moment où la Société créée par lui, va nommer son chef, Loyola se récuse; il se sent trop petit, trop indigne du fardeau; il ne peut l'accepter. Il sera le dernier de tous, si ses amis ne le contraignent d'être le premier! Après plusieurs années, quand il pense que cette autorité absolue qu'il s'est fait imposer a besoin d'être de nouveau retrempée, il veut abdiquer; lui, le maître des papes, le souverain de cette Compagnie qu'un de ses regards fait mouvoir d'un bout de la terre à l'autre, il menace de quitter sa villa de Tivoli, et de redevenir l'anachorète de Manrèse. Ses mains sont trop faibles, son génie trop timide pour suffire à la tâche; il faut encore que de tous les points du monde chrétien, les membres de la Société le supplient de rester à leur tête. Et ce n'était pas là une autorité douce et débonnaire! Ses disciples, le grand François Xavier, ne lui écrivaient qu'à genoux; pour avoir osé lui adresser une objection sur un point de détail, Laynez, l'âme du concile de Trente, Laynez, qui sera son successeur, tremble à une parole du maître; il demande pour son châtiment de quitter la direction spirituelle du concile, et d'employer le reste de sa vie à enseigner à lire aux enfants. Voilà quel était l'empire de Loyola sur les siens. D'ailleurs, habile à renier leur orthodoxie, dès qu'elle déplaît aux puissants, comme dans l'affaire de l'intérim.

De plus en plus attaché aux petites règles, il condamne dans Bobadilla, dans Rodriguez, cet amour pour les grandes, qui avait fait autrefois sa vie. Lui qui, dans sa jeunesse, avait été emprisonné comme novateur, on l'entend répéter que, s'il vivait mille ans, il ne cesserait de crier contre les nouveautés qui s'introduisent dans la théologie, la philosophie, la grammaire. Il excelle dans la diplomatie, au point de ne rien laisser à inventer à ses successeurs. Son chefd'œuvre à cet égard, fut de concilier sa toutepuissance avec celle de la papauté. Le pape voulait, malgré lui, créer cardinal, Borgia, un de ses disciples. Loyola décide que le pape offrira, que Borgia refusera, se ménageant ainsi l'orgueil du refus, et l'ostentation de l'humilité. Enfin, après avoir vu l'accomplissement de tout ce qu'il a projeté, la Société reconnue, les Exercices spirituels consacrés, la constitution promulguée, il touche à l'agonie, il dicte sa dernière pensée. Quelle estelle? «Ecrivez; je désire que la compagnie sache mes dernières pensées sur la vertu d'obéissance;» et ces dernières confidences, sont ces mots terribles, qui ont déjà été cités, et qui résument tout: que l'homme devienne tel qu'un cadavre, ut cadaver, sans mouvement, sans volonté; qu'il soit tel que le bâton d'un vieillard, senis baculus, que l'on prend ou rejette à son gré.

Ainsi ce ne sont pas là des images jetées au hasard dans la constitution; c'est par ces paroles réfléchies, répétées, qu'il prétend terminer sa vie; intime secret de cette âme, sur lequel il revient en mourant. Nous voudrions nous tromper sur ce point; nous ne le pourrions pas. Voilà, il faut l'avouer, un christianisme tout nouveau, car les miracles du Christ étaient faits pour rappeler les morts à la vie; les miracles de Loyola sont faits pour ramener les vivants à la mort. Le premier et le dernier mot du Christ, c'est la vie. Le premier et le dernier mot de Loyola, c'est le cadavre. Le Christ fait sortir Lazare du sépulcre; Loyola veut de chaque homme faire un Lazare au tombeau. Encore une fois, qu'y atil de commun entre le Christ et Loyola?

Je sais que quelques personnes sincères, n'ont pu s'empêcher d'être au moins étonnées du caractère des Exercices spirituels, et des citations incontestables que j'ai dû faire. Elles s'échappent en pensant que c'est là sans doute un code, une loi tombée en désuétude, et qui n'est plus pour rien dans la tradition de la société de Jésus. Je ne puis leur laisser ce refuge. Non, le livre des Exercices spirituels n'est pas hors d'usage. Au contraire, il est le fondement, nonseulement de l'autorité de Loyola, mais encore de l'éducation de toute la société; d'où la nécessité de l'admettre tout entier, ou en le rejetant, de rejeter avec lui la compagnie dont il est le principe vital; point de milieu; car, suivant la compagnie, il est l'œuvre inspirée d'en haut; la mère de Dieu l'a dicté, dictante Mariâ. Loyola n'a fait que le transcrire sous l'inspiration divine.

Que l'on ne pense pas non plus que j'aie choisi méchamment dans l'examen de cet ouvrage, les parties les plus singulières, qui auraient le plus embarrassé ceux que je combats. Je n'ai extrait que les points sérieux; il en est de ridicules qui renferment déjà le principe des maximes et des subterfuges qu'a combattus Pascal. Croiraiton, par exemple, que Loyola, cet homme si sérieux dans l'ascétisme, soit conduit par son propre système à jouer, feindre la macération? Comment! ruser avec ce qu'il y a de plus spontané, avec les saintes flagellations de Madeleine et de François d'Assises! Oui, quoi qu'il en coûte, pour faire toucher du doigt tout le système, je dois citer les paroles du livre fondamental, des Exercices spirituels: et ne riez pas, je vous prie, car je ne trouve rien de plus triste que de pareilles chutes. Toute la pensée est là:«Servonsnous, dit Loyola, dans la flagellation, principalement de petites ficelles qui blessent la peau, en effleurant l'extérieur, sans atteindre l'intérieur, pour ne pas nuire à la santé.»

Quoi! dès l'origine, dans la règle idéale, avant toute dégénération, contrefaire froidement, frauduleusement les stigmates et les meurtrissures des anachorètes et des Pères du désert, qui condamnaient sur leurs flancs exténués les révoltes du vieil homme! Le martyre n'est imposé qu'aux saints, je le sais bien! mais jouer avec le martyre, ruser avec l'héroïsme, frauder la sainteté! qui eût jamais cru que cela fût possible? qui eût jamais cru que cela fût écrit, commandé, ordonné dans la loi? De cette première fraude ne voyezvous pas naître le sanglant châtiment et le fouet véridique des Provinciales?

Nous sommes au cœur de la doctrine. Continuons d'entrer dans cette voie. Le livre des Exercices spirituels est le piége perpétuellement tendu par la société; mais comment attirer les âmes de ce côté? Une fois attirées, comment les retenir au début, leur communiquer peu à peu le désir de s'arrêter sur cette amorce, de se fixer dans cette gymnastique extérieure? Comment les enchaîner par degrés, sans qu'elles s'en doutent? Nouvel art qui est déposé dans un autre ouvrage, presque aussi extraordinaire que le premier; je parle du Directorium. Quelques années après la fondation de la société, les membres principaux s'entendirent pour réunir les expériences personnelles qu'ils avaient faites sur l'application de la méthode de Loyola. Le général de l'ordre, Aquaviva, homme d'une politique consommée, tint la plume; de là naquit ce second ouvrage également fondamental, qui est au premier ce que la pratique est à la théorie. Vous avez vu le principe; voici la tactique mise en action. Pour attirer quelqu'un à la société, il ne faut pas agir brusquement, ex abrupto. Il faut attendre quelque bonne occasion, par exemple, que cette personne éprouve un chagrin extérieur, ou encore, qu'elle fasse de mauvaises affaires. Une excellente commodité se trouve aussi dans les vices même.

Dans les commencements il faut bien se garder de proposer comme exemples, ceux qui, le premier pas fait, ont été conduits à entrer dans l'ordre; c'est du moins là ce qu'il faut taire jusqu'au bout. S'il s'agit de personnes considérables, ou de certains nobles, ne pas leur livrer les exercices complets. Dans tous les cas, il vaut mieux que l'instructeur se rende chez ces personnes, parce que la chose est ainsi plus facilement secrète. Et pourquoi donc tant de secrets dans les affaires de Dieu?

A l'égard du grand nombre, la première chose à faire, est de réduire à la solitude cellulaire celui qui est destiné aux exercices. Là, séparé de l'aspect des hommes, et surtout de ses amis, il ne doit être visité que par l'instructeur, et par un valet taciturne, qui n'ouvrira la bouche que sur les objets de son service. Dans cet isolement absolu, lui mettre entre les mains les Exercices spirituels, puis l'abandonner à luimême. Chaque jour, l'instructeur instructor paraîtra un moment, pour l'interroger, l'exciter, le pousser plus avant dans cette voie sans retour. Enfin, lorsque cette âme est ainsi dépaysée, brisée, qu'elle s'est jetée ellemême dans le moule de Loyola, qu'elle sent l'étreinte irrésistible, lorsqu'elle est suffisamment déracinée, et que, pour parler comme le Directorium, elle étouffe dans l'agonie, admirez le triomphe de cette diplomatie sacrée! Le rôle de l'instructeur change subitement; d'abord, il pressait, il excitait, il enflammait; maintenant que tout est fait, il faut montrer une habile indifférence. Non, rien de plus profond, je devrais dire de plus infernal n'a été inventé, que cette patience, cette lenteur, cette froideur, au moment de saisir cet esprit qui déjà ne s'appartient plus. Il est bon, dit le Directorium, «de le laisser alors un peu respirer.» Lorsqu'il a «repris jusqu'à un certain point haleine,» c'est le moment favorable: car il ne faut pas qu'il soit «toujours torturé.» C'estàdire que lorsque cette âme agonisante s'est abandonnée tout entière, vous lui laissez froidement le choix; il faut que dans cet instant de répit, elle conserve précisement assez de vie pour se croire libre encore de s'aliéner pour jamais. Qu'elle rentre si elle veut dans le monde, qu'elle s'engage dans un autre ordre, si cela lui plaît mieux; les portes lui sont ouvertes, maintenant qu'elle est enchaînée par les mille replis que l'instructeur a serrés autour d'elle; la merveille, c'est de prétendre que ce cœur exténué recueille un reste de liberté, pour se précipiter luimême dans l'éternelle servitude. Rassemblez tout ce que vos souvenirs vous rappellent de combinaisons machiavéliques, et dites si vous trouvez rien qui surpasse la tactique de cet ordre aux prises avec l'âme, en particulier.

Voilà l'individu subjugué; il s'agit de savoir ce qu'il devient au sein de la société; ce qui nous conduit à l'examen rapide de l'esprit des Constitutions. Un trait du génie de Loyola, est d'avoir commencé par interdire à ses disciples l'entrée aux charges ecclésiastiques; par ce seul mot il établit une église dans l'Eglise. En interdisant aux siens toute espérance hors de la compagnie, il sait qu'il va les remplir d'une ambition infinie pour l'autorité de l'ordre. Puisque chacun est mûré dans l'institut de Jésus, il faut bien que chacun travaille avec une énergie extraordinaire à agrandir, dorer, glorifier sa prison; nul ne sera ni Evêque, ni Cardinal, ni Pape; tous auront leur part dans l'immortalité de l'ordre. Mais que cette immortalité est étrange! Dans les Exercices spirituels éclatent encore au moins les traces de l'enthousiasme passé. Dans les Constitutions, tout est froid, glacé comme ces avenues de catacombes, dans lesquelles on range symétriquement de vastes ossuaires. Tout cela est trèsingénieusement construit; on imite les édifices qu'éclaire le soleil de vie; par malheur ils sont faits avec les débris des morts; et une société ainsi établie peut durer longtemps sans s'user, parce que le grand principe de vie lui a été retranché dès le commencement.

Loyola, avant de proclamer une de ses règles, la dépose solennellement, pendant huit jours, sur l'autel: soit qu'il s'agisse du principe de sa loi ou d'un règlement d'école, de la charge de l'infirmier, du portier, du gardien des vêtements ou des mystères de la conscience, il donne à chacune de ces choses la même autorité sacrée, rabaissant ainsi les grandes pour relever les petites. Dans sa législation, vous retrouvez la même défiance de l'esprit, que dans ses livres d'ascétisme. Chez tous les fondateurs d'institutions chrétiennes, ce que je sens d'abord, c'est le chrétien, l'homme en soi, la créature de Dieu; dans la loi de Loyola, je ne vois rien que pères provinciaux, préposés, recteurs, examinateurs, consulteurs, admoniteurs, procurateurs, préfet des choses spirituelles, préfet de la santé, préfet de la bibliothèque, du réfectoire, veilleur, économe, etc. Chacun de ces fonctionnaires a sa loi particulière, trèsclaire, trèspositive; il est impossible que chacun d'eux ne sache pas ce qu'il doit faire à chaque heure de la journée. Estce tout? Oui, s'il s'agit d'une association temporelle, extérieure; presque rien, s'il s'agit d'une société réellement chrétienne. Je vois, en effet, des employés qui sont tous admirablement distribués, des fonctionnaires qui chacun ont leur tâche marquée; mais montrez moi sous tout cela l'âme chrétienne; au milieu de tant de fonctions, de dénominations, d'occupations extérieures, l'homme m'échappe, le chrétien s'évanouit.

La vie morale, spirituelle, est tarie dans cette loi; feuilletezla de bonne foi, sans arrièrepensée; demandezvous, si vous le voulez, à chaque page, si c'est la parole de Dieu qui sert de fondement à cet échafaudage; pour que cela fût, il faudrait au moins que le nom de Dieu fût prononcé, et j'atteste que c'est celui qui y paraît le plus rarement. L'expérience de l'homme d'affaires, des rouages d'une complication extrême, un arrangement savant des personnes et des choses, la régularité anticipée du code de procédure remplacent les prières, les élévations qui font la substance des autres règles. Le fondateur se fie beaucoup aux combinaisons industrieuses, trèspeu aux ressources de l'âme; et dans cette règle de la société de Jésus, tout se trouve, excepté la confiance dans la parole et le nom de JésusChrist.

Voilà le caractère le plus important de cette législation. Pour la première fois, les saints ne se fient plus à la puissance spirituelle du Christ; afin de relever son règne, ils font appel directement à des calculs empruntés de la politique des cabinets. L'esprit de CharlesQuint et de Philippe II se substitue à l'esprit de l'Evangile.

De ce sceau de défiance imprimée d'une manière si profonde sur l'œuvre spirituelle de Loyola, voyez naître nécessairement la forme entière de son institution. Premièrement, puisque c'est l'esprit même qui est soupçonné, il en résulte que tous les membres de la communauté, au lieu de se sentir tranquillement, fraternellement unis dans la foi, comme les premiers chrétiens, doivent se tenir les uns et les autres pour autant de suspects; d'où il suit que, dès la première page, au lieu de la prière qui sert d'introduction et de base aux autres règles, la délation est inscrite, comme fondement de la constitution de Loyola. Se dénoncer mutuellement, c'est un des premiers mots de la règle; c'est une première concession à la logique. La milice de Loyola n'est plus de celles que l'enthousiasme poussera à combattre en plein soleil; par son origine même, elle sera non plus la légion thébaine, mais la police instituée du catholicisme. Secondement, en vertu du même principe, si l'âme n'est plus le mobile de tout, elle n'est plus qu'un danger; d'où la nécessité de l'exténuer sous le joug cadavéreux d'une obéissance, non pas intelligente, mais aveugle, obedientia cæca. Voilà pourquoi la soumission dans les autres ordres n'est rien en comparaison de cette mort volontaire de la conscience. Que d'autres sociétés se distinguent par d'autres vertus; celle de la compagnie de Jésus doit être avant tout la démission de soimême. Chez les trappistes, l'homme a pu conserver un refuge intérieur dans son propre martyre et son silence; chez les jésuites, l'âme, lors même qu'elle ne le voudrait pas, est obligée de s'échapper à ellemême par surprise, et de se rapetisser dans l'embarras des occupations extérieures.

Une autre conséquence qui rentre dans les deux premières, est la nécessité systématique de réprimer les grands instincts, de développer les petits. On a remarqué que la compagnie de Jésus, si féconde en hommes habiles, n'a pas produit un grand homme après Loyola. En voici la raison; elle est irrécusable. L'orgueil tout castillan de Loyola lui a persuadé que ses disciples seraient incapables de supporter, comme lui, les épreuves de la lutte et de l'enthousiasme; de là il a étouffé chez les siens les ravissements héroïques qui ont fait sa puissance. Je n'examine pas si cet orgueil du saint Espagnol est conforme à l'Évangile; je dis seulement qu'en retranchant aux siens les inconvénients de l'enthousiasme et de l'héroïsme divin, il a empêché qu'aucun d'eux ne remontât à sa hauteur; et je préviens que se ranger à sa loi, ce n'est rien autre chose que faire vœu de médiocrité morale.

Représentezvous un moment un grand poëte, Dante, par exemple, voulant former une école, et prémunissant d'abord ses disciples contre les dangers de la sensibilité, de l'imagination, des passions poétiques, il ferait précisément ce qu'a fait Ignace de Loyola. Dans les autres ordres, on voit des hommes égaler les fondateurs; la vie même y augmente de génération en génération. Le dominicain saint Thomas est plus grand que saint Dominique; mais qui jamais a entendu parler dans la compagnie de Jésus d'un homme qui égalât ou surpassât le fondateur? Cela est impossible par la nature des choses.

Ajoutez cette dernière considération qui résume ce qui précède: l'ordre de Jésus dans son développement représente exactement l'histoire personnelle d'Ignace de Loyola. D'abord, les premiers disciples, les saint François Xavier, les Borgia, les Rodriguez, les Bobadilla, sont remplis de ce feu que le maître a puisé dans la solitude de la grotte de Manrèse; un génie enthousiaste les mène. Dès la seconde génération, tout est changé; la politique glacée de Loyola, dans sa maturité, a passé déjà dans l'âme des Aquaviva et des successeurs. Pour parler plus justement, c'est l'âme de Loyola luimême qui semble se refroidir, se glacer de plus en plus dans les veines de la société de Jésus. La société répète son auteur depuis trois siècles; et aujourd'hui l'ordre mourant imite encore, reproduit encore Loyola mourant; comme lui, il se relève sur son séant quand on le croyait perdu; et du milieu de cette agonie, le mot qu'il prononce est encore le dernier de Loyola, la domination, l'obéissance aveugle, obedientia cæca. Que l'humanité plie comme un bâton dans la main d'un vieillard, Ut senis baculus! C'est le testament du fondateur, c'est aussi le dernier vœu de la société.

En suivant la même série d'idées, il ne me sera pas difficile de montrer comment, du même principe tout négatif, du manque de confiance dans l'esprit, est sortie la Théorie des cas de conscience qui, pour beaucoup de personnes, marque le trait distinctif du jésuitisme. Le principe de Loyola devait nécessairement produire et développer cet instinct de procédure appliqué à la conscience. En effet, du moment où l'on se défie de l'âme, où le cri de la conscience est tenu pour rien, il faut tout écrire. La parole écrite est mise à la place de la parole intérieure; la règle des docteurs doit nécessairement remplacer le verbe et la lumière faite pour éclairer chaque homme qui vient en ce monde. Moins une société a de vie, plus elle a d'ordonnances, de décrets, de lois qui se contredisent et se heurtent. Appliquez ceci à la vie religieuse, et voyez dans quel dédale vous entrez! Comme l'âme n'a plus le droit de tout trancher par un de ces mots souverains, écrits par Dieu même et qui sortent des entrailles intimes de l'homme, les règles amènent d'autres règles, les décisions d'autres décisions, sans qu'il soit possible que sous cet échafaudage de contradictions, l'instinct moral ne demeure pas accablé. Par un renversement inconcevable, qui n'est que la conséquence du principe, ce n'est plus la loi religieuse, qui, par sa simplicité, domine la loi civile. C'est au contraire la loi religieuse, qui vient misérablement, honteusement, imiter, contrefaire, quoi? les lois de procédure, les subtilités de la chicane; c'est la loi divine qui, renversée et dégradée de son unité sublime, vient se calquer sur la forme, la méthode et les arguties des tribunaux scolastiques.

La religion estelle assez descendue? A la place du prêtre je vois l'avocat patelin au tribunal de Dieu. Eh bien! il faut décheoir encore; car on ne s'arrête pas dans ce chemin. La jurisprudence de la scolastique était au moins corrigée par un fond d'équité qui empêchait le juge de se précipiter volontairement dans l'absurde; le prêtre, en se mettant à la suite de la procédure du moyen âge, s'est condamné à descendre infiniment plus bas. Ne se fiant plus à l'instinct moral dans sa simplicité divine, et n'ayant pas non plus l'indépendance rationnelle du jurisconsulte, où peut aller cet homme avec cette conscience volontairement muette, avec cette raison volontairement aveuglée? où peutil aller sinon dans ce chemin du hasard et du probabilisme, où renversant dans les ténèbres, l'une sur l'autre, la notion du bien et la notion du mal, s'engageant de plus en plus hors de toute vérité dans un abîme monstrueux, habile seulement à endormir le remords, souvent il prévoit, imagine, devance et crée en théorie le crime même impossible?

Ne vous étonnez donc pas que la dégénération ait été si rapide, puisqu'elle était déjà contenue dans l'idéal même de la société. Je pourrais, si je le voulais, apporter à cet égard, d'étranges témoignages. Ecoutez cet aveu terrible qui échappe à l'un des disciples les plus fameux de Loyola, à l'un de ceux qui se sont le plus rapprochés de son esprit, à l'un de ses contemporains, Mariana! Ce n'est pas moi qui parle, c'est un membre de l'institut de Jésus après cinquante ans passés dans la communauté: «Toute notre institution, ditil, ne semble avoir d'autre but que d'enfouir sous terre les mauvaises actions et de les dérober à la connaissance des hommes.» Je pourrais ajouter à cette confession d'étonnants aveux qu'a oubliés Pascal, sur la manière de capter la bienveillance des princes, des veuves, des jeunes hommes nobles et opulents; j'irais aisément trèsloin dans cette voie; je m'arrête.

Estil besoin, en effet, de dire ce qui vous attache à cette discussion? ce n'est ni son rapport avec le temps où nous sommes, ni la curiosité du scandale. Ce qui vous intéresse, c'est que cette question est en soimême grande, universelle: laissonslui ce caractère. Cette question est celle de la réalité et de l'apparence, du vrai et du faux, de la vie et de la lettre. Dès qu'une doctrine veut contrefaire la vie qu'elle a perdue, vous trouvez le principe et l'élément d'une sorte de jésuitisme, tant chez les anciens que chez les modernes. Je ne serais pas embarrassé de montrer que toute religion a produit tôt ou tard, son jésuitisme qui n'en est rien que la dégénération.

Sans sortir de notre tradition, les Pharisiens sont les jésuites du mosaïsme, comme les jésuites sont les Pharisiens du christianisme. Les Pharisiens ne doutaientils pas aussi de l'esprit? ne demandaientils pas: qu'estce l'esprit? n'étaientils pas les défenseurs acharnés de la lettre? le Christ ne les comparaitil pas à des sépulcres? n'estce pas aussi la comparaison qui plaît le plus aux nôtres dans leurs constitutions? Si tout cela est vrai, où est la différence? Et s'il n'y a pas de différence, c'est le Christ qui a prononcé en maudissant les scribes et les docteurs de la loi.

Gardezvous donc ici je m'adresse à ceux qui, séparés de moi, me montrent le plus d'aversion, gardezvous donc de vous sceller tout vivants dans ces tombeaux, vous vous repentiriez lorsqu'il serait trop tard. Il y a encore de grandes choses à faire; restez donc où est le combat de l'esprit, le danger, la vie, la récompense. Ne vous perdez pas, ne vous ensevelissez pas dans ces catacombes; vous le savez comme moi: Dieu n'est pas le dieu des morts, il est le dieu des vivants.

Encore, s'il le faut, pourraije, par un effort d'un moment, admettre qu'au sortir du moyen âge quelques âmes emportées par trop d'ascétisme, aient eu besoin d'être rangées sous cette règle sèche et glacée. J'admettrai que ces élans du moyen âge, tout à coup comprimés par une méthode accablante, aient tourné, sinon à de grandes pensées, du moins à de hardies entreprises. Mais, de nos jours, en , que vient faire cette doctrine dans le monde? que nous donnetelle que nous ne possédions trop abondamment? Nous avons, avant tout, les uns et les autres, faim et soif de sincérité, de franchise. Elle nous apporte la tactique et le stratagème, comme s'il n'y avait pas assez de stratagèmes et de tactique dans le cours visible des affaires! Nous ne pouvons vivre sans liberté; elle nous apporte la dépendance absolue, comme s'il ne restait pas assez d'entraves dans les choses. Nous avons besoin du sens spirituel, grand, puissant, ouvert à tous, régénérateur; elle nous apporte le sens étroit, petit, matériel, comme s'il n'y avait pas assez de matérialisme dans le siècle; nous avons besoin de la vie, elle nous apporte la lettre. En un mot, elle n'apporte rien au monde que ce dont le monde regorge. Et voilà aussi pourquoi le monde n'en veut plus!

Considérez encore que, s'il est un pays sur la terre dont le tempérament soit incompatible avec celui de la Société de Jésus, ce pays c'est la France. De tous les premiers généraux de l'ordre, de tous ceux qui lui ont donné sa direction, aucun n'est Français. L'esprit de notre pays n'a été communiqué par personne à cette combinaison du levain de l'Espagne, et du machiavélisme de l'Italie au seizième siècle. Je comprends que là où il a ses racines, même combattu par l'instinct public, l'esprit de l'institut a pu produire des hommes d'état, des controversistes, les Mariana, les Bellarmin, les Aquaviva. Mais parmi nous, transplanté hors de son terrain, stérile pour luimême, le jésuitisme ne peut rien que stériliser le sol. Voyez! tout ici le contredit et le heurte. Si nous valons quelque chose dans le monde, c'est par l'élan spontané: il en est tout le contraire. C'est par la loyauté, même indiscrète, au profit de nos ennemis: il en est tout le contraire. C'est par la rectitude de l'esprit: il n'est que subtilité et détours d'intentions. C'est par une certaine manière de nous enflammer promptement pour la cause d'autrui: il ne s'occupe que de la sienne. C'est, enfin, par la puissance de l'âme: et c'est de l'âme qu'il se défie.

Que veuton donc que nous fassions d'un institut qui prend à tâche de répudier en chaque chose le caractère et la mission que Dieu même a donnés à notre pays? Je vois bien maintenant qu'il ne s'agit pas seulement de l'esprit de la révolution, comme je disais précédemment. De quoi s'agitil donc? de l'existence même de l'esprit de la France, tel qu'il a toujours été; de deux choses incompatibles aux prises, dont l'une doit nécessairement étouffer l'autre; ou le jésuitisme doit abolir l'esprit de la France, ou la France abolir l'esprit du jésuitisme. C'est là le résultat de tout ce que je viens de dire.

DES MISSIONS

Ce n'est pas notre faute si, dans la voie où nous sommes entrés, nous sommes obligés de veiller à ce que les rôles ne soient pas intervertis. Notre force est dans la franchise de notre situation, et si par hasard elle est mal interprétée dans un lieu d'où l'on parle à la France entière, nous devons un mot d'explication à des paroles qui tombent de si haut. On nous accuse de poursuivre un fantôme. Il serait facile de répondre que nous ne poursuivons rien, que nous n'avons fait que raconter le passé; cependant s'il s'agit d'un fantôme, pourquoi tant de haines et d'efforts pour empêcher seulement qu'on le nomme? Si le jésuitisme est mort, pourquoi tant de violence? S'il vit, pourquoi le renier? Pourquoi? parce qu'aujourd'hui comme toujours, il s'est trop hâté de paraître, parce qu'il s'est trahi par son impatience, parce qu'en se montrant, il a risqué de se perdre. Mais notre peine n'aura pas été inutile, dès que nous avons servi à le manifester. Il est trop tard, désormais, pour se désavouer.

La seule chose qui m'étonne, c'est qu'on nous ait accusés d'attenter à la liberté de l'enseignement, pour avoir maintenu la liberté de discussion. Quoi! nous sommes les violents, les intolérants! Qui l'aurait cru? Violents, parce que nous nous sommes défendus! intolérants parce que nous n'avons pas été exclusifs! Tout ceci est étrange, il faut l'avouer. La tolérance que l'on demande estce celle de condamner, de foudroyer sans que personne ait rien à répondre? Le droit commun que l'on réclame estce le privilége de l'anathème? Il faudrait au moins le dire clairement.

A quoi bon tant de détours, quand la question peut être exprimée en un mot? La France dépourvue aujourd'hui de toute association, peutelle abandonner l'avenir à une association étrangère, puissante, naturellement et nécessairement ennemie de la France? Sans tant d'ambages, je dirai seulement que je vois dans le passé le jésuitisme s'emparer de l'esprit pour le matérialiser, de la morale pour la démoraliser, et je désire passionnément que personne ne s'empare aujourd'hui de la liberté pour la tuer.

Quoi qu'il en soit, donnonsnous le plaisir de considérer notre sujet dans ses rapports les plus grands et les plus généraux. Le jésuitisme, à son origine, s'est imposé, pour tâche, d'étouffer l'idolâtrie et le protestantisme. Voyons comment il a accompli la première de ces entreprises.

Au moment de la découverte de l'Amérique et de l'Asie orientale, la première pensée des ordres religieux fut d'étreindre ces mondes nouveaux dans l'unité de la foi chrétienne. Dominicains, Franciscains, Augustins, marchèrent d'abord dans cette voie; ils s'étaient lassés à contenir l'ancien monde; leurs forces ne suffisaient plus à embrasser le nouveau. A peine formée, la société de Jésus se jeta dans cette carrière; ce fut celle qu'elle parcourut le plus glorieusement. Réunir l'Orient et l'Occident, le Nord et le Midi, établir la solidarité morale du globe, accomplir l'unité promise par les prophètes, jamais il ne se présenta de plus grand dessein au génie de l'homme. Pour atteindre ce but, il aurait fallu la vie toutepuissante du christianisme, à ses origines. Les doctrines qui faisaient l'âme de la société de Jésus, étaientelles capables de consommer ce miracle? Pour la première fois, des populations inconnues allaient se trouver en contact avec le christianisme; ce moment ne pouvait manquer d'avoir une influence incalculable sur l'avenir. La société de Jésus, en se jetant en avant, pouvait décider ou compromettre l'alliance universelle. Laquelle de ces deux choses est arrivée?

En retrouvant l'Asie orientale, le christianisme découvrait la chose la plus étrange du monde, une sorte de catholicisme particulier à l'Orient, une religion pleine d'analogie extérieure avec celle de la cour de Rome, un paganisme qui affectait toutes les formes et plusieurs des dogmes de la papauté, un Dieu né d'une vierge, incarné pour le salut des hommes, une Trinité, des monastères, des couvents sans nombre, des anachorètes, livrés à des macérations, des flagellations incroyables, tout l'extérieur de la vie religieuse dans l'Europe du moyen âge, ermitages, reliquaires, chevalerie, au sommet de tout cela une sorte de pape, qui, sans commander, impose son autorité infaillible comme celle du Dieu même. Qu'allait faire le catholicisme de l'Europe en se trouvant face à face de ce catholicisme indien? le considéreraitil comme une dégénération d'un principe commun jadis à l'un et à l'autre? ou le tiendraitil pour une imitation de la vérité contrefaite à plaisir par le Démon? Les chances d'alliance religieuse étaient trèsdifférentes, suivant la solution qu'on réservait à cet étrange problème.

La Société de Jésus, dans cette entreprise, fut en Asie ce qu'elle était en Europe; elle reproduisit là, aussi, dans l'histoire de ses Missions, les phases diverses du caractère de son auteur. Le précurseur qui la devança dans les Indes fut François Xavier de Navarre; il avait reçu, un des premiers, l'impulsion d'Ignace de Loyola. Né comme lui, d'une famille ancienne, il avait quitté le donjon paternel pour venir à Paris, étudier la philosophie et la théologie. A SainteBarbe, Loyola lui communique l'enthousiasme de sa jeunesse. Xavier n'eut jamais conscience de la révolution qui remplaça, dans l'esprit du fondateur, l'ermite par le politique. Envoyé en Portugal, et de là aux Indes, avant même que la Société fût reconnue, il conserva l'esprit d'héroïsme, sans presque aucun mélange de calcul humain. Quand on rencontre dans ses lettres, des paroles telles que cellesci: «Compassez toutes vos paroles et toutes vos actions avec vos amis, comme s'ils devaient un jour devenir vos ennemis et vos délateurs;» on croit reconnaître un des derniers conseils de Loyola, tombés dans ce cœur transparent.

Au reste, ce sera une chose éternellement belle, que cet homme encore jeune, sorti de ce brillant château de Navarre, et qui vient, seul, errer à l'aventure sur les côtes du Malabar. Dans cette Inde merveilleuse, il n'aperçoit d'abord que ceux qui vivent hors des villes, les castes misérables, les bannis, les parias, les petits enfants; dès que le soleil se couche, on le voit prendre une clochette, et s'en aller criant, de huttes en huttes: «Bonnes gens, priez Dieu!» Il touche à la source de la science orientale; il ne la voit pas;

il croit n'avoir que des âmes d'enfants pour contradicteurs, tandis qu'il est déjà enveloppé par les colléges des Brahmes. Dans cette sainte ignorance de sa situation, il demande qu'on lui envoie des prêtres qui ne soient bons ni pour confesser, ni pour prêcher, ni pour enseigner; c'est assez s'ils peuvent imposer le baptême. Au nom du Christ enfant, Xavier fraie un sentier invisible jusqu'au cap Comorin; il prend possession des solitudes infinies, des mers sans rivages, échappant par la grandeur des choses aux étroites influences de la règle de Loyola; les populations qu'il traverse le considèrent comme un saint homme; c'est là, partout, sa sauvegarde.

Du cap Comorin, il s'embarque; il traverse, sur une petite felouque, la grande mer des Indes. Poussé, comme il le croit en effet, par le vent du SaintEsprit, il arrive aux Moluques, et après des peines infinies, au Japon. A cette extrémité de l'Orient, il se trouve pour la première fois aux prises, non plus seulement avec des intelligences brutes, mais avec une religion armée de toutes pièces, avec le boudhisme et ses traditions vivantes; loin de se laisser déconcerter, il discute dans une langue dont il sait à peine quelques mots; ou plutôt c'est son air, sa sincérité, sa foi qui parle et qui attire; son âme habite la région des miracles. Mais cette île du Japon est déjà trop petite pour un si grand amour de prosélytisme; c'est en Chine, dans ce monde fermé, qu'il veut pénétrer à tout prix. Il s'est fait transporter dans l'île de Sancham, la plus voisine du continent. Encore quelques jours, et un batelier se charge de le placer pendant la nuit à l'entrée de la porte de Canton. Sa foi fera le reste. Ajourné par ce batelier, il meurt en quelque sorte d'attente et d'impatience, à la porte du grand empire. Voilà ce qu'a pu l'enthousiasme d'un homme isolé, sans appui, sans compagnons, sans espoir prochain dans la Société. Cette foi, toute seule, est pour lui une auréole qui le préserve et lui ouvre tous les chemins. Les peuples étrangers, sans comprendre sa langue, voient sur sa figure l'empreinte de l'homme de Dieu; malgré eux, ils le reconnaissent, le saluent. La fascination se communique; un seul homme a touché ces rivages; il y a déjà une Asie chrétienne. Après la sainteté d'un seul, reste à voir ce qu'ont pu faire le calcul et la ruse, appuyés sur le concours d'un grand nombre.

Sur ce chemin ouvert par l'enthousiasme de Xavier, je vois arriver une autre génération de missionnaires, qui emportent avec eux le livre des Constitutions, un Code de maximes et d'instructions profondément étudiées.

Si toute cette politique doit concourir à l'établissement de la religion, estce du moins le dogme chrétien que l'on va présenter à la croyance des peuples nouveaux? Tant de détours irontils aboutir à imposer l'Evangile par surprise? Ici le stratagème éclate dans toute sa grandeur. On a voulu sérieusement faire tomber tout ce monde oriental dans le plus grand piége qui ait jamais été tendu; on a pensé que ces populations immenses, avec leurs religions affermies, leur expérience de tant de siècles, se précipiteraient d'ellesmêmes dans l'embûche; on leur a présenté un faux Evangile, pensant qu'il serait toujours temps de les ramener au vrai. Depuis le Japon jusqu'au Malabar, depuis l'archipel des Moluques jusqu'aux bords de l'Indus, on a voulu envelopper les îles et les continents dans un filet de fraude, en présentant à cet autre univers, un Dieu menteur dans une Eglise menteuse; et, ce n'est pas moi qui parle ainsi, ce sont les autorités suprêmes, les papes, les Innocent X, les Clément IX, les Clément XII, les Benoît XIII, les Benoît XIV, qui, dans une suite multipliée et non interrompue de décrets, de lettres, de brefs, de bulles, ont tenté, perpétuellement et vainement, de ramener les missionnaires de la société de Jésus à l'esprit de l'Evangile. Chose remarquable et qui montre bien la force du système, les mêmes hommes qui ont été formés pour soutenir la papauté, dès qu'ils ne sont plus sous sa main, se retournent contre ses décrets avec plus de force que tous les ordres ensemble; il ne dépend pas d'eux qu'ils n'abolissent, dans ces contrées lointaines, non seulement la papauté, mais encore le christianisme.

Car, enfin, quel changement lui faisaientil subir? Etaitce qu'ils le pénétraient d'une autre vie, qu'ils l'accommodaient aux mœurs, au climat, aux nécessités d'un monde nouveau? Non. Qu'étaitce donc? Peu de chose en vérité. Ces hommes de la société de Jésus, en enseignant le Christ, ne cachaient rien qu'une chose, la passion, la douleur, le calvaire. Ces chrétiens ne reniaient que la croix; illos pudet Christum passum et crucifixum prædicare. Ils ont honte de montrer le Christ de la passion, sur le crucifix ce sont les termes de la congrégation des Cardinaux et du pape Innocent X; ou, s'ils font tant que de se servir de la croix, ils l'ensevelissent sous les fleurs répandues au pied des idoles, de telle sorte, qu'en adorant l'idole en public, il soit loisible de rapporter cette adoration à cet objet caché. Et voilà par quels stratagèmes ils pensent gagner des empires et des peuples innombrables. Dans le pays des perles et des pierres précieuses, ces hommes tout extérieurs croient faire merveille, pour attirer les âmes, de ne montrer qu'un Christ triomphant, au milieu des présents des Rois mages, sauf à dire quelque chose de la vérité quand la conversion sera consommée, le baptême reçu. Pour les obliger de renoncer à cette pratique insensée, où leur système les entraîne, il faut décrets sur décrets, mandements sur mandements, bulles sur bulles; les lettres ne suffisant plus, il faut que la papauté arrive pour ainsi dire en personne. Un prélat est envoyé, un Français, le cardinal de Tournon, pour réprimer ce christianisme sans croix, cet évangile sans Passion; à peine arrivé, la société le fait jeter en prison; il y meurt de surprise et de douleur.

D'ailleurs, le dogme ainsi mutilé, l'application se fait immédiatement sentir. S'il faut renier le Christ pauvre, nu, souffrant, que s'ensuitil? qu'il faut renier aussi les pauvres, les classes bannies, sacrifiées; de là car on ne s'arrête pas devant cette logique, le refus d'accorder les sacrements aux misérables, aux classes tenues pour infirmes, aux parias. C'est à quoi l'on arrive en effet; et malgré l'autorité et les menaces des décrets de d'Innocent X, de de Clément IX, de , de Clément XII, de la bulle de de Benoît XIV, on s'obstine dans cette monstruosité d'exclure du christianisme les misérables, c'estàdire ceux auxquels il a été d'abord envoyé.

Voici la condamnation que le vicaire apostolique de Clément XI, prononce en , à Pondichéri sur les lieux même: «Nous ne pouvons souffrir que les médecins de l'âme refusent de rendre aux hommes de basse condition les devoirs de charité que ne leur refusent pas même les médecins païens, medici gentiles.» Les termes de Benoît XIV, en , font peutêtre plus vivement encore toucher du doigt cet acharnement des missionnaires à renier les misérables par lesquels avait commencé Saint François Xavier: «Nous voulons et ordonnons que le décret sur l'administration des SaintsSacrements aux moribonds de basse condition, que l'on appelle parias, soit enfin observé et exécuté, sans plus de délai, ulteriori dilatione remotâ.» Ce qui n'empêche pas que vingt ans après, la papauté ne soit contrainte de fulminer de nouveau sur le même sujet, et, ainsi de suite, jusqu'à l'abolition de la société. Or, ce ne sont pas là des opinions préconçues, des assertions haineuses; ce sont des faits dépendants de l'autorité devant laquelle nos adversaires sont contraints de plier la tête.

Maintenant, je le demande, sontce là des missions chrétiennes ou des missions païennes? Dans tous les cas, qu'ontelles conservé de l'esprit de l'Évangile? Les apôtres du Christ trouvèrent aussi, en sortant de Judée, un monde nouveau pour eux, riche, orgueilleux, sensuel, plein d'or et de joyaux, surtout ennemi des esclaves. Parmi ces hommes, y en eutil un seul qui, en présence de la splendeur grecque et romaine, songeât à dissimuler la doctrine, à cacher la croix devant le triomphe de la sensualité païenne? au milieu de ce monde de patriciens, y en eutil un seul qui reniât les esclaves? au contraire, ce qu'ils ont fait surtout paraître à la face de cette société fastueuse, est le Dieu souffrant, le Christ flagellé, l'éternel plébéien dans la crèche de Béthléem. Ce que les saint Pierre, les saint Paul, ont montré à Rome, au milieu de son ivresse, est le calice du Calvaire, avec le fiel et l'hysope du Golgotha; et c'est aussi pourquoi ils ont vaincu. Quel besoin Rome avaitelle d'un Dieu revêtu d'or et de puissance? Cette image de la force lui avait apparu cent fois; mais être la maîtresse du monde, nager dans les richesses de l'Orient, et rencontrer un dieu nu, flagellé qui prétend la gagner par la croix de l'esclave, voilà quelque chose qui l'étonne, la saisit et finit par la subjuguer.

Imaginez qu'au lieu de cela, les apôtres, les missionnaires de Judée eussent tenté de gagner le monde par surprise, de s'accommoder avec lui, de ne lui montrer de l'Evangile que la partie analogue au paganisme, qu'ils eussent caché le Calvaire et le sépulcre aux voluptueux de la Grèce et de Rome, qu'au lieu de livrer à la terre la parole dans son intégrité, ils n'eussent laissé voir que ce qui devait plaire à la terre; en un mot, imaginez que les apôtres dans leurs missions eussent tenu la même politique que les missionnaires de la société de Jésus, je dis qu'ils eussent eu dans leurs entreprises auprès du monde romain la même issue que les jésuites auprès du monde oriental: à savoir, qu'après un succès d'un moment, obtenu par surprise, ils eussent été bientôt rejetés et extirpés de la société à laquelle ils seraient venus tendre une embûche. Les princes, habilement circonvenus, auraient pu prêter l'oreille un moment; mais on n'aurait pas vu les âmes de tant de patriciens, de tant de matrones romaines s'enraciner dans l'Evangile au point de défier toutes les tempêtes. Quelques beaux esprits eussent été attirés par une promesse de félicité dépouillée de la douleur qui la fait acquérir; mais les esclaves reniés ne seraient pas accourus à la voix du Dieuesclave. Politique pour politique, celle de Tibère et de Domitien eût valu sans nul doute celle qu'on lui eût opposée. Les ruses du monde, mêlées à l'Evangile, sans tromper le monde, auraient tari l'Evangile à sa source; le résultat de tant de stratagèmes eût été, en corrompant le Christ, d'en frustrer pour longtemps la terre abusée et détrompée tout ensemble.

C'est là, trait pour trait, l'histoire de la société de Jésus dans ses illustres missions en Orient. Nous nous sommes trop accoutumés dans ce tempsci à croire que la ruse peut tout dans le succès des affaires. Voyez à quoi elle aboutit sitôt qu'on l'applique sur la grande échelle de l'humanité. Suivez ces vastes entreprises sur les côtes de Malabar, en Chine, surtout dans le Japon. Lisez, étudiez ces événements dans les écrivains de l'Ordre, et comparez le projet avec la réussite! L'histoire de ces missions est en soi trèsuniforme: d'abord un succès facile, le chef du pays, l'empereur gagné, séduit, entouré; une partie même de la population qui suit la conversion du chef; puis, à un moment donné, le chef qui reconnaît ou croit reconnaître une imposture; de là une réaction d'autant plus violente que la confiance a été d'abord entière; la population qui se détache en même temps que le chef, la persécution qui déracine les âmes véritablement acquises, la mission chassée sans laisser presque aucun vestige, l'Evangile compromis, échoué sur une plage maudite qui reste à jamais déserte; tel est le résumé de toutes ces histoires.

Et cependant qui pourrait les lire sans admiration! Que d'habileté! que d'esprit de ressource! que de science de détails! que de grands courages! et que l'on me connaît mal si l'on croit que je n'ai pas de cœur pour de pareilles choses! que d'héroïsme chez les particuliers! que d'obéissance chez les inférieurs! que de combinaisons chez les supérieurs! On ne peut pousser plus loin la patience, la ferveur et l'audace.

Eh bien! ce qui est plus surprenant que tout cela, c'est que tant de travaux, de dévouements associés, aient abouti à ne rien produire. Comment cela atil pu être? parce que si les individus étaient dévoués, les maximes du corps étaient mauvaises. Viton jamais rien de semblable? et que cette société mérite au fond plus de pitié que de colère! Qui a plus travaillé, et qui a moins récolté? elle a semé sur le sable; pour avoir mêlé la ruse à l'Evangile, elle a subi le plus étrange châtiment qui soit au monde; et ce châtiment consiste à toujours travailler, à ne jamais recueillir. Ce qu'elle élève d'une main au nom de l'Evangile, elle le détruit de l'autre au nom de la politique. Seule, elle a reçu cette terrible loi: qu'elle produit des martyrs et que le sang de ses martyrs ne produit que des ronces.

Où sont, dans cet immense Orient, ses établissements, ses colonies, ses conquêtes spirituelles? Dans ces îles puissantes où elle a régné un moment, que restetil d'elle? qui se souvient d'elle? Malgré tant de vertus privées, de sang courageusement versé, le souffle de la ruse a passé là: il a tout dissipé. L'Evangile porté par un esprit qui lui est opposé, n'a pas voulu croître et fleurir. Plutôt que de confirmer des doctrines ennemies, il a mieux aimé se dessécher luimême. Voilà ce qu'a produit l'embûche dressée pour envelopper le monde.

Mais j'entends dire: Ils ont fait, pourtant, une grande chose en Orient.Oui, sans doute. Laquelle?Ils ont ouvert la voie à l'Angleterre.Ah! c'est là que je les attendais, car c'est là que le châtiment est au comble. Ecoutez bien! les missionnaires de la société de Jésus, les messagers, les défenseurs, les héros du catholicisme, ouvrir le chemin au protestantisme! les représentants de la papauté, préparer à l'extrémité du monde les voies à Calvin et à Luther! n'estce pas là une malédiction de la Providence? C'est du moins un excès de misère propre à faire pitié à leurs plus grands ennemis. Applaudissement

Or ce châtiment ne leur a pas été seulement imposé dans l'Asie orientale; partout je vois ces habiles dresseurs d'embûches pris dans leurs propres piéges. On a dit que leurs plus puissants adversaires, les Voltaire, les Diderot, sont sortis de leurs écoles; cela est vrai encore, si vous l'appliquez, non à des individus, mais à des territoires, à des continents entiers. Suivezles dans les vastes solitudes de la Louisiane et de l'Amérique du nord; c'est un de leur plus beau champ de victoire.

Là aussi, d'autres François Xavier, envoyés par un ordre du chef, s'engagent isolément et silencieusement au milieu des lacs et des forêts non encore parcourus. Ils s'embarquent sur le canot du sauvage; ils suivent avec lui le cours des fleuves mystérieux; ils sèment encore là l'Evangile, et, encore une fois, un vent de colère disperse cette semence, avant qu'elle ait pu germer. Le génie de la société marche en secret derrière chacun de ces missionnaires, et stérilise le sol à mesure qu'ils le cultivent. Après un moment d'espérance, tout disparaît, emporté on ne sait par quelle puissance. L'époque heureuse de cette chrétienté sauvage est du milieu du dixseptième siècle; déjà en , le père Charlevoix vient suivre les traces de ces missions de la société de Jésus. Il en retrouve à peine quelques vestiges; et ces défenseurs du catholicisme se trouvent encore une fois n'avoir travaillé que pour leurs ennemis; et ces prétendus apôtres de la papauté ont aussi frayé le chemin au protestantisme qui les enveloppe avant qu'ils l'aperçoivent. En sortant des forêts profondes, où ils ont lutté de stratagèmes avec l'Indien, ils croient avoir bâti pour Rome, ils ont bâti pour les EtatsUnis; encore une fois, dans la grande politique de la providence, la ruse s'est retournée contre la ruse.

Cependant, il a été donné à la Société de Jésus de réaliser une fois, sur un peuple, l'idéal de ses doctrines; pendant une durée de cent cinquante ans, elle est parvenue à faire passer tout entier son principe dans l'organisation de la république du Paraguay; sur cette application politique, vous pouvez la juger dans ce qu'elle a de plus grand. En Europe, en Asie, elle a été plus ou moins contrariée par les pouvoirs existants; mais voici, qu'au sein des solitudes de l'Amérique du midi, un vaste territoire lui est accordé, avec la faculté d'appliquer à des peuplades toutes neuves, aux Indiens des Pampas, son génie civilisateur. Il se trouve que sa méthode d'éducation, qui éteignait les peuples dans leur maturité, semble quelque temps convenir à merveille à ces peuples enfants; elle sait avec une intelligence vraiment admirable les attirer, les parquer, les isoler, les retenir dans un éternel noviciat. Ce fut une république d'enfants, où se montra un art souverain, à leur tout accorder, excepté ce qui pouvait développer l'homme dans le nouveau né.

Chacun de ces étranges citoyens de la république des Guaranis doit se voiler la face devant les pères, baiser le bas de leur robe; portant dans cette législation d'un peuple les souvenirs des écoles de ce tempslà, pour des fautes légères, les hommes, les femmes, les magistrats euxmêmes sont fouettés sur la place publique. De temps en temps, la vie fait effort pour éclater dans ces peuplades ainsi emmaillottées; alors, ce sont des rugissements de bêtes fauves, des émeutes, des révoltes, qui, pour quelque temps, chassent, dispersent les missionnaires; après quoi, chacun rentre dans son ancienne condition, comme si rien ne s'était passé, la foule dans sa dépendance puérile, les instituteurs dans leur autorité de droit divin. Le bréviaire dans une main, la verge dans l'autre, quelques hommes conduisent et conservent comme un troupeau les derniers débris des empires des Incas. C'est là en soi un grand spectacle, si l'on y joint un art infini à s'isoler du reste de l'univers, et, malgré le silence dont on s'environne, des révolutions continuelles qui excitent je ne sais quel soupçon dont personne ne peut se défendre, ni le roi d'Espagne, ni le clergé régulier, ni le pape. Cette éducation d'un peuple se consomme dans un mystère profond, comme s'il s'agissait d'une trame ténébreuse. De temps en temps, quand ils sont pressés, on voit les pères missionnaires, selon l'expression de l'un d'entre eux, s'élancer avec leurs néophytes à la chasse des Indiens, comme à la chasse des tigres, les enfermer dans une enceinte réservée, peu à peu, les apaiser, les dompter, les parquer dans l'église.

A cette constitution s'attache le triomphe de la société de Jésus; puisque c'est là qu'elle a pu mettre son âme et son caractère tout entier. Mais, cette colonisation mystérieuse, estil sûr qu'elle soit le germe d'un grand empire? Où est le signe de vie? Partout ailleurs on entend au moins les vagissements des sociétés au berceau; ici, j'ai bien peur, je l'avoue, que tant de silence, au même lieu, depuis trois siècles, soit un mauvais augure, et que le régime qui a pu si vite énerver la nature vierge, ne soit pas celui qui développe les Guatimozin et les Montézuma. La société de Jésus est tombée; mais son peuple du Paraguay lui survit, de plus en plus muet et mystérieux. Ses frontières sont devenues plus infranchissables. Le silence a redoublé, le despotisme aussi; l'utopie de la compagnie de Jésus est réalisée: un état sans mouvement, sans bruit, sans pulsation, sans respiration apparente. Dieu fasse qu'il ne s'enveloppe pas de tant de mystères pour cacher un cadavre!

Ainsi, pour tout résumer à la fois, un héroïsme machiavélique qui s'enlace dans ses propres piéges, ou qui ne laisse après soi que le silence des morts, ce sont les résultats de tant de stratagèmes pour porter la parole de vie; des succès isolés, toujours incertains sur des tribus que séparent des déserts, sur des familles, des individus; une impuissance complète, dès que l'on entre en lutte avec des peuples formés, avec des religions établies, l'islamisme, le brahmanisme, le bouddhisme.

Cependant, si l'on veut être juste, il faut accuser, non pas seulement la politique de la Société de Jésus, mais un mal plus profond. Pour évangéliser la terre, que présentonsnous à la terre? Un christianisme divisé. Ce qui, dans les missions, a commencé le mal, c'est l'inimitié des ordres; ce qui l'a achevé, c'est l'inimitié des cultes.

Partout on a vu, aux extrémités du globe, le catholicisme et le protestantisme se paralyser mutuellement. Disputés par ces influences contraires, que peuvent faire l'islamisme, le brahmanisme, le boudhisme, sinon attendre que nous soyons entre nous d'intelligence? Le premier pas à faire, est donc de tendre nousmêmes, non pas à éterniser les discordes, mais à manifester l'unité vivante du monde chrétien; car nous ne sommes pas seuls dans l'attente du jour qui doit réunir tous les peuples dans le peuple de Dieu. De tant de religions qui se partagent la terre, pas une seule qui n'aspire à effacer toutes les autres par je ne sais quel coup de la providence. Et pourtant voyezles: elles n'entreprennent plus rien de sérieux les unes sur les autres; à peine si elles se dérobent par surprise quelques individus; au reste, plus de projet avoué de se mesurer au grand jour. Je ne sais quoi leur dit qu'elles ne peuvent se vaincre. Supposez que des siècles se passent, vous les trouveriez après cela au même lieu, seulement plus immobiles encore. Quoi que l'on fasse, tels qu'ils sont, ni le catholicisme n'extirpera le protestantisme, ni le protestantisme n'extirpera le catholicisme.

Fautil donc renoncer à l'unité, à la fraternité, à la solidarité promise? Mais c'est renoncer au christianisme. Vivre indifféremment, l'un à côté de l'autre, comme dans deux sépulcres, sans plus aucun espoir de se toucher le cœur? Cela est la pire des morts. Recommencer des luttes aveugles et sanglantes, cela est impie et impossible. Au lieu de s'amuser à tant de haines stériles, j'imagine donc qu'il vaudrait beaucoup mieux travailler sérieusement sur soimême à développer l'héritage et la tradition reçue. Car au sein de cette immobilité profonde de cultes qui se tiennent mutuellement en échec, l'avenir appartiendra non à celui qui harcellera le plus ses rivaux, mais à celui qui osera faire un pas. Tous les autres obéiraient à cette manifestation de vie. Ce premier pas seul rouvrirait les empires fermés aujourd'hui aux missionnaires de la lettre. Tant de peuples maintenant suspendus, dont on n'espère plus rien, sentant l'impulsion de l'esprit qui rentre dans le monde, se relèveraient, achèveraient leur itinéraire vers Dieu; et la guerre intestine cessant dans le christianisme, l'entreprise des missions pourrait se consommer un jour.

Un membre du haut clergé, un homme dont je respecte la sincérité, un évêque de France, usant des droits de sa situation et de sa conviction, dans une lettre rendue publique et dirigée en partie contre mon enseignement, conclut par ces paroles qui s'adressent à moi: Puisqu'il n'a été ni improuvé, ni censuré, ni désavoué, il est évident qu'il a reçu sa mission. Ces paroles, revêtues d'une si haute autorité, m'obligent de dire une chose qui fera plaisir à nos adversaires, c'est que je n'ai reçu de mission que de moimême; je n'ai consulté que la dignité, les droits de la pensée; pour marcher dans cette voie, que je crois être celle de la vérité, je n'ai point attendu de savoir si je serais approuvé ou censuré. Si donc c'est une erreur, sous le régime de la révolution, de constater le droit de discussion, si c'est une erreur, dans l'esprit du christianisme, d'invoquer l'unité au lieu de la discorde, la réalité au lieu de l'apparence, la vie au lieu de la lettre, il est juste que cette faute ne retombe que sur moi; d'autant mieux que je sens bien que je m'y enracine chaque jour, et que j'ai déjà passé l'âge où l'on suit, sans le savoir, l'impulsion et la mission d'autrui. Par quelle faveur auraisje été choisi pour parler au nom de l'Université, moi qui ne fais pas même partie de ce corps. Non, messieurs; la faute m'appartient bien tout entière, et, s'il y a un châtiment, il faut qu'il m'appartienne aussi. Applaudissements.

Le caractère que nous avons démêlé, dès l'origine, dans la doctrine de la Société de Jésus, se marque d'une manière extraordinairement précise, dans son économie et son régime intérieur. Tout l'esprit de la Compagnie est contenu dans le principe d'économie domestique que je vais dévoiler. La Société de Jésus a su concilier tout à la fois, par un prodige d'habileté, la pauvreté et la richesse. Par la pauvreté, elle va audevant de la piété; par la richesse audevant du pouvoir. Mais comment concilier ces deux choses dans le droit? le voici.

Selon sa règle, soumise au concile de Trente, elle se compose de deux sortes d'établissements de nature différente: de maisons professes qui ne peuvent rien posséder en propre c'est là la partie essentielle, et de colléges, qui peuvent acquérir, hériter, posséder c'est la partie accidentelle; ce qui revient à dire que la Société est instituée de manière à pouvoir tout ensemble refuser et accepter, vivre selon l'Evangile, et vivre selon le monde. Soyons plus précis. A la fin du seizième siècle, je trouve qu'elle avait maisons professes et colléges, c'estàdire mains pour refuser, et pour accepter et saisir. Voilà, en deux mots, le secret de son économie intérieure. De là, passons à ses relations avec le monde extérieur et politique.

La Société de Jésus, au milieu de ses missions étrangères, a fini par se laisser prendre dans ses propres piéges; je veux aujourd'hui rechercher si quelque chose de tout semblable ne lui est pas arrivé en Europe; si la politique du seizième siècle n'est pas devenue entre ses mains une arme à deux tranchants, qu'elle a fini par retourner contre ellemême.

Quel est le caractère d'une religion vraiment vivante, dans ses rapports avec la politique? c'est de communiquer sa force aux états dont elle devient le fondement; de faire pénétrer un souffle puissant chez les peuples qui se conforment à son principe; de s'intéresser à eux, de leur prêter appui pour croître sous son ombre. Que diriezvous, si au lieu de cette vie qui se propage, vous trouviez quelque part une société religieuse, qui à quelque forme politique qu'elle soit associée, monarchie, aristocratie, démocratie, se déclare sourdement l'ennemie de cette constitution, et travaille à la miner, comme s'il lui était impossible de souffrir aucune alliance? Que diriezvous d'une société qui, dans quelque milieu qu'elle soit jetée, aurait un art souverain à démêler, sous les formes artificielles des lois et des institutions écrites le véritable principe de vie politique, s'appliquant aussitôt à le ruiner par la base?

Aussi longtemps qu'elles ont vécu, les religions de l'antiquité ont servi de fondement à certaines formes politiques, le panthéisme aux castes orientales, le polythéisme aux républiques grecques et romaines. Avec le christianisme, on voit quelque chose de nouveau, un culte qui, sans se complaire exclusivement dans un moule politique, s'allie à toutes les formes des sociétés connues. Comme il est la vie même, il la distribue à tout ce qui fait alliance avec lui, à la monarchie féodale des barbares, aux républiques bourgeoises de Toscane, aux républiques sénatoriales de Venise et de Gênes, aux cortès espagnoles, à la monarchie pure, absolue, limitée, à la tribu, au clan, en un mot à tous les groupes de la famille humaine; et cette âme religieuse, distribuée partout, pénétrant dans toutes les formes pour les accroître et les développer, compose l'organisation du monde chrétien.

Au milieu de ce travail, je vois quelque chose d'étrange qui m'éclaire subitement sur la nature de l'ordre de Jésus. Placé dans une monarchie, il la mine au nom de la démocratie; réciproquement, il mine la démocratie au nom de la monarchie; quel qu'il soit à ses commencements, il unit, chose extraordinaire, par être également contraire à la royauté française, sous Henri III, à l'aristocratie anglaise, sous Jacques II, à l'oligarchie vénitienne, à la liberté hollandaise, à l'autocratie espagnole, russe, napolitaine; ce qui fait qu'il a pu être expulsé trenteneuf fois par des gouvernements de formes nonseulement diverses, mais opposées. Il arrive un moment où ces gouvernements sentent que cet ordre est sur le point d'étouffer, chez eux, le principe même de l'existence; alors de quelque origine qu'ils soient, ils le repoussent après l'avoir appelé. Nous verrons tout à l'heure au profit de quelle idée la société de Jésus provoque, à la longue, la mort de toute forme positive de constitution, d'Etat et d'organisation politique.

En examinant l'esprit des premiers publicistes de l'ordre, on remarque d'abord qu'ils assistent au moment où achevaient de se former les grandes monarchies de l'Europe. L'avenir prochain de l'Espagne, de la France, de l'Angleterre, au seizième siècle, appartient à la royauté; elle personnifie, en ce moment, la vie des peuples et des états. C'est sur le pouvoir royal que se mesurent la pulsation et le battement de vie des peuples modernes au sortir du moyen âge. En l'absence d'autres institutions, il représente, à la fin de la Renaissance, l'œuvre des temps écoulés, l'unité, la nationalité, le pays; et c'est aussi contre ce pouvoir que se déclarent, à l'origine, les publicistes de la société de Jésus; elle le rabaisse, elle veut le mutiler, quand il renferme le principe de l'initiative et qu'il porte le drapeau.

Mais au nom de quelle idée, les Bellarmin, les Mariana essaientils de le ruiner? Qui le croirait? C'est au nom de la souveraineté du peuple. «Les monarchies, dit cette école, ont été vues en songe par Daniel, parce qu'elles ne sont que de vains spectres, et qu'elles n'ont rien de réel qu'une vaine pompe extérieure.» Ne sachant pas quelle idée ils déchaînent, et croyant ne s'armer que d'un fantôme, ils font appel à l'opinion, à la souveraineté populaire, pour abaisser, déprimer la force publique qui les sépare de la domination. Il est vrai qu'après avoir donné le bon plaisir de la foule, beneplacita multitudinis, pour base à la monarchie, ces grands démocrates de ne font nulle difficulté de réduire à rien l'autorité du suffrage général; en sorte que, renversant la royauté par le peuple, et le peuple par l'autorité ecclésiastique, il ne reste, en définitive, qu'à s'abandonner à leur propre principe.

Aussi, lorsque tous les rôles étaient changés, et que les écrivains de l'ordre s'étaient prématurément servis de la souveraineté pour abolir la souveraineté, savezvous quel refuge conservèrent ceux qui voulaient protéger la loi civile et politique, contre la théocratie? L'école de la société de Jésus, menaçait de tuer la liberté par la liberté, avant même qu'elle fût née. Pour échapper à ce piége extraordinaire, Sarpi et les indépendants furent obligés d'avancer que le pouvoir politique, le pouvoir royal était de droit divin, qu'ainsi l'Etat avait sa raison d'être aussi bien que la papauté, qu'il ne pouvait être asservi par elle, puisqu'il avait, comme elle, un fondement inattaquable; c'estàdire, que par un renversement de toute vérité, et par un stratagème qui menaça de détruire à sa source l'idée de l'existence civile et politique, les religieux ne parlant que de la souveraineté du peuple pour la ruiner, les politiques furent contraints de ne parler que du droit divin pour la sauver.

La question ainsi posée, restait, pour la trancher, un pas hardi à faire du côté du parti théocratique; c'était de pousser les choses jusqu'à la doctrine avouée du régicide; on ne plia pas devant cette nécessité. Sans doute, au milieu du vertige de la ligue, il ne manqua pas de prédicateurs de divers ordres, qui allèrent au devant de la doctrine. Mais ce que personne ne nie, c'est qu'il appartient aux membres de la société de Jésus de l'avoir

savamment fondée, érigée en théorie. On connaît leur axiome populaire de ce temps là:
Il ne faut qu'un pion pour mater un roi!

Depuis jusqu'en , les docteurs les plus importants de l'ordre, retirés de la mêlée,
enfermés paisiblement dans le fond de leurs couvents, les Emmanuel Sâ, les Alphonse
Salméron, les Grégoire de Valence, les Antoine Santarem, établissent positivement le
droit de l'assassinat politique. Voici en deux mots toute la théorie, qui dans cet
intervalle, est trèsuniforme. Ou le tyran possède l'Etat par un droit légitime, ou il l'a
usurpé. Dans le premier cas, il peut être dépouillé par un jugement public, après quoi
chacun devient à son gré l'exécuteur. Ou le tyran est illégitime, et alors chaque homme
du peuple peut le tuer. Unusquisque de populo potest occidere, dit Emmanuel Sâ en ; il
est permis à tout homme de tuer un tyran qui est tel quant à la substance, dit un jésuite
allemand Adam Tanner, tyrannus quoad substantiam; il est glorieux de l'exterminer,
exterminare gloriosum est, conclut un autre auteur non moins grave; Alphonse
Salméron donne au pape le droit de tuer par une unique parole, pourvu que ce ne soit
pas lui qui applique la main, potest verbo corporalem vitam auferre; car, en recevant le
droit de paître les brebis, n'atil pas aussi reçu celui de massacrer les loups, potestatem
lupos interficiendi? Selon la théorie de Bellarmin, le plus sage, le plus savant, le plus
modéré de tous au moins dans les formes, il n'appartient pas aux moines, ni aux
ecclésiastiques de massacrer, cædes facere, ni de tuer les rois par embûches; l'usage est
d'abord de les corriger paternellement, paternè corripere, puis de les excommunier, puis
de les priver de l'autorité royale, après quoi l'exécution appartient à d'autres. Executio
ad alios pertinet.

Il est surtout un ouvrage célèbre où ces théories sont résumées avec une audace dont on
ne peut trop s'étonner, lorsque l'on pense pour quels lecteurs il fut composé. Je parle du
Livre du roi, par le jésuite Mariana. Cet ouvrage fut écrit sous les yeux de Philippe II
pour l'éducation de son fils. Partout ailleurs le jésuitisme marche par des voies
détournées; ici il se relève avec la fierté de l'hidalgos espagnol. Comme il sent que la
royauté d'Espagne est engagée dans les liens de la théocratie! en parlant au nom de la
Rome papale, il lui est permis de tout dire. De là, quelle étrange franchise à fouler
l'autorité civile, pour peu qu'elle veuille sortir d'une dépendance désormais avouée et
consentie!

Malgré la différence de génie, on pourrait comparer au prince de Machiavel, le roi de
Mariana. Machiavel se sert de tous les vices pourvu qu'ils soient forts; il veut les faire
tourner à l'indépendance politique de l'Etat; Mariana consent à toutes les vertus, pourvu
qu'elles aboutissent à la démission de l'Etat, devant l'ordre du clergé. Croiriezvous qu'il
va, au nom de ces mêmes vertus, exiger l'impunité pour tous les crimes que pourraient
commettre les ecclésiastiques? et ce n'est pas un conseil, c'est un commandement. «Que
personne du clergé ne soit condamné, même lorsqu'il aurait mérité de l'être.» Il vaut
mieux que les crimes restent impunis, præstat scelera impunita relinqui; cette impunité

établie, il conclut en exigeant que les chefs du clergé soient, non pas seulement la tête de l'église, mais encore celle de l'Etat, et que les affaires civiles leur soient abandonnées aussi bien que les affaires religieuses. J'aime, je l'avoue, dans ce jésuitisme de Mariana, reconnaître l'orgueil castillan. Si non, non, qui se serait attendu à trouver la formule de la franchise des vieilles fueros, transportée dans la diplomatie de Loyola?

Du moins, après ces dures conditions que l'esprit théocratique impose à cette royauté idéale, quelle sorte de garantie vatil lui donner? La garantie du poignard. Après que Mariana a lié la royauté par le pouvoir théocratique, pour être plus sûr d'elle, il suspend sur son front la menace de l'assassinat, et fonde ainsi au pied de la papauté, une monarchie absolue, tempérée par le droit du poignard. Voyez, comme au milieu de la théorie, il s'interrompt pour faire briller aux yeux de son royal élève le couteau encore sanglant de Jacques Clément. «Dernièrement, ditil, a été accompli en France un exploit insigne et magnifique, pour l'instruction des princes impies. Clément en tuant le roi s'est fait un nom immense, ingens sibi nomen fecit. Il a péri Clément, l'éternel honneur de la France æternum Galliæ decus selon l'opinion du plus grand nombre... jeune homme d'un esprit simple et d'un corps délicat... mais une force supérieure affermissait son bras et son esprit.»

Cet exemple ainsi consacré, il fonde à son tour sa doctrine du régicide, avec la fermeté de Machiavel. Dans les cas ordinaires, une assemblée doit être réunie pour porter le jugement; en l'absence de cette assemblée, la voix publique du peuple, publica vox populi, ou l'avis d'hommes graves et érudits, doit suffire. Surtout que l'on ne craigne pas que «trop d'individus n'abusent de cette faculté de manier le fer. Les choses humaines iraient mieux s'il se trouvait beaucoup d'hommes à la forte poitrine, forti pectore, qui méprisent leur propre salut; la plupart seront retenus par le soin de leur vie.»

Dans ce chemin que Mariana a suivi avec tant d'assurance, un scrupule le saisit tout à coup; quel estil? celui de savoir s'il est permis de se servir du poison aussi bien que du fer? ici reparaissent les distinctions de la casuistique dont jusqu'à ce moment il s'était affranchi. Il ne veut pas du poison par un motif exclusivement chrétien, parce que le prince en buvant le médicament préparé commettrait à son insu un demisuicide, chose opposée à la loi évangélique. Cependant, puisque la fraude et la ruse sont légitimes, il trouve ce tempérament, que l'empoisonnement est permis, toutes les fois que le prince ne s'empoisonne pas luimême; par exemple si l'on se sert d'un venin assez subtil pour tuer seulement en impreignant de sa substance le vêtement royal, nimirùm cum tanta vis est veneni, ut sellâ eo aut veste delibutâ vim interficiendi habeat.

Maintenant, souvenezvous que ce livre n'est pas un ouvrage ordinaire, qu'il est écrit pour l'éducation du futur roi d'Espagne! quelle profondeur et quelle audace! au milieu de la cour, sous l'or pur de l'évangile et de la morale de Xénophon, faire sentir ainsi d'avance les pointes du fer à la poitrine de ce royal disciple, présenter la menace en même temps que l'enseignement, tenir le bras de la société levé sur l'enfant qui va régner, attacher devant lui le poignard de Jacques Clément à sa couronne! quel coup de maître de la part de la société de Jésus! de la part de l'instituteur, quelle intrépidité d'orgueil! Pour l'élève, quel avertissement, quel effroi subit, quelle terreur qui ne s'apaisera plus! Ne soyez pas surpris si ce jeune Philippe III vit, comme si son sang s'était figé dans ses veines, s'il se retire autant que possible de la royauté, s'il ne se meut dans la solitude de l'Escurial que pour imiter le pélerinage de Loyola. Depuis ce jour, moitié terreur, moitié respect, la dynastie espagnole de la maison d'Autriche, s'évanouit sous cette main froide, toujours levée contre elle. Cette main ressemble à celle du commandeur dans le Festin de pierre. Roi ou peuple, elle entraîne sans retour quiconque lui abandonne la sienne.

Assurément il était bien permis de pâlir à un jeune Dauphin d'Espagne, lorsqu'un homme aussi habitué que Philippe II à toutes les trames, disait: «Le seul ordre auquel je ne comprenne rien, est l'ordre des jésuites.» Voulezvous avoir sur eux l'opinion d'un brave, par excellence, auquel ils ont enseigné la peur? Voici la réponse d'Henri IV à Sully, qui s'opposait au rappel des jésuites; le roi avoue qu'il ne leur rouvre la France que parce qu'il a peur d'eux: «Par nécessité, il me faut faire à présent de deux choses l'une: à savoir, d'admettre les jésuites purement et simplement, les décharger des opprobres desquels ils ont été flétris, et les mettre à l'épreuve de leurs tant beaux serments et promesses excellentes; ou bien de les rejeter plus absolument que jamais, et leur user de toutes les rigueurs et duretés dont on se pourra aviser, afin qu'ils n'approchent jamais ni de moi, ni de mes états; auquel cas il n'y a point de doute que ce soit les jeter dans le dernier désespoir, et, par icelui, dans des desseins d'attenter à ma vie, ce qui la rendrait misérable et langoureuse, demeurant toujours ainsi dans la défiance d'être empoisonné, assassiné; car ces genslà ont des intelligences et des correspondances partout, et grande dextérité à disposer les esprits ainsi qu'il leur plaît; qu'il me vaudrait mieux être déjà mort, étant en cela de l'opinion de César, que la plus douce mort est la moins prévue et attendue.

Au reste, cette doctrine avouée du régicide, n'a eu qu'un temps; elle appartient à l'époque de ferveur qui a marqué la première phase de l'ordre de Jésus. En , l'époque ayant changé, le droit du poignard est remplacé par un établissement plus profond, qui sans tuer l'homme n'anéantit que le roi. Le confesseur succède au régicide; il n'y a plus de Jacques Clément, de Jean Châtel, de Barrière, etc.; mais on voit quelque chose de plus effrayant. Derrière chaque roi, on voit marcher un homme de la société de Jésus, qui nuit et jour, avec l'autorité des menaces infernales, tient cette âme dans sa main, la brise dans les exercices spirituels, la rapetisse au niveau et au ton de la compagnie; elle renonce à produire des ministres, c'est pour s'asseoir ellemême sur le trône, à côté du pénitent. On n'a pu briser la royauté au pied de la théocratie; on fait mieux; on glisse sa tête dans la couronne, à travers le confessionnal, et l'œuvre est consommée. Car il ne s'agit pas de jeter dans l'oreille des rois la vérité vivante, mais bien plutôt d'assoupir, de désarmer leur conscience en la remplissant d'un bourdonnement de haines et de rivalités cupides; et rien n'est étrange comme d'apercevoir, au milieu de la vie qui s'accroît dans les sociétés modernes, tant de princes et de souverains, remués d'une manière mécanique par cette volonté qu'ils empruntent chaque jour, à qui fait profession d'exténuer la volonté.

Partout où une dynastie se meurt, je vois se soulever de terre et se dresser derrière elle comme un mauvais génie, une de ces sombres figures, de confesseurs jésuites, qui l'attire doucement, paternellement dans la mort, le père Nithard auprès du dernier héritier de la dynastie autrichienne en Espagne, le père Auger, auprès du dernier des Valois, le père Peters, auprès du dernier des Stuarts... Je ne parle pas des temps que vous avez vus et qui touchent aux nôtres. Mais rappelezvous seulement la figure du père Le Tellier, dans les mémoires de St.Simon! C'est la seule que cet écrivain qui ose tout, ait dépeinte avec une sorte de terreur. Quel air lugubre, quel pressentiment de mort elle répand sur toute cette société! Je ne sache rien en effet de plus effrayant que l'échange qui se fait entre ces deux hommes, Louis XIV et le père Tellier, le roi qui abandonne chaque jour une partie de sa vie morale, le père Tellier qui communique chaque jour une partie de son levain; cette ruine imposante d'un noble esprit qui ne se défend plus; cette ardeur soutenue de l'intrigue qui envahit tout ce que la conscience a perdu; cette émulation de la grandeur et de la petitesse, ce triomphe de la petitesse, puis à la fin l'âme du père Tellier, qui semble occuper la place tout entière de l'âme de Louis XIV et envahir la conscience du royaume; et dans cet incroyable échange qui ôte tout à l'un et ne donne rien à l'autre, la France qui ne reconnaît plus son vieux roi, et qui, par sa mort, se sent délivrée, tout ensemble, du double fardeau de l'égoïsme du pouvoir absolu, et de l'égoïsme d'une religion politique. Quel avertissement! Malgré la différence des temps, qu'il est nécessaire de ne l'oublier jamais! Applaudissements.

Ici, nous touchons à une révolution décisive dans les théories politiques du jésuitisme. Jamais changement ne fut si prompt ni manœuvre si audacieuse. Nous entrons dans le dixhuitième siècle; les doctrines que le jésuitisme avait soulevées à sa naissance, cessent d'être un fantôme; elles prennent un corps, une réalité dans les esprits. Royauté de l'opinion, souveraineté du peuple, liberté de l'élection populaire, droit fondé sur le contrat social, liberté, indépendance, toutes ces choses cessent d'être de vains mots; elles circulent, elles s'agitent, elles se développent dans le siècle tout entier. En un mot, ce ne sont plus des thèses de collége; c'est la réalité.

En présence des doctrines par lesquelles ils ont commencé, que vont faire ces intrépides républicains de la société de Jésus? les renier, les écraser s'ils peuvent. Avec cet instinct souverain qu'ils possèdent pour surprendre la vie dans son germe, ils se retournent, ils se précipitent contre leur propre doctrine, sitôt qu'elles commencent à vivre. N'estce pas là leur rôle depuis un siècle et demi? en estil un seul qui dans tout cet intervalle ne se soit appliqué à détruire cette puissance de l'opinion que les fondateurs avaient mise en avant, sans savoir que le mot grandirait, et que le programme de la ligue deviendrait une vérité?

Au seizième siècle, qui proclame, même avec le bon vouloir de Philippe II, la doctrine de la souveraineté du peuple, quand elle n'a aucune chance d'être mise en pratique? La société de Jésus. Au dixhuitième, qui combat avec acharnement la souveraineté du peuple, quand cessant d'être une abstraction, elle devient une institution? La société de Jésus. Quels sont, au dixhuitième siècle, les ennemis les plus injurieux de la philosophie? Ceux qui au seizième, ont posé les mêmes principes que ceux de la philosophie, sans vouloir en faire autre chose qu'une arme de combat. Quels sont ceux, qui au dixhuitième siècle, vont fortifier de leur doctrine le pouvoir absolu et schismatique des Catherine II, des Frédéric II? Ceux qui au seizième ne parlaient que de renverser, de fouler, de poignarder, au nom du peuple, le pouvoir absolu, et schismatique; car il ne faut pas oublier que, lorsque la société de Jésus fut abolie par le pape, elle trouva son refuge, contre l'autorité suprême au sein du despotisme de Catherine II. On vit là, pour un moment, une ligue étrange, celle du despotisme, de l'athéisme, du jésuitisme, contre toutes les forces vives de l'opinion. Depuis jusqu'à , dans cet intervalle où l'ordre de Jésus est tenu pour mort par la papauté, il s'obstine à vivre malgré elle, retiré pour ainsi dire au cœur de l'athéisme de la cour de Russie: c'est là qu'on le retrouva tout entier, dès qu'on en eut besoin.

Si ce ne sont pas là assez de contradictions, examinez les monuments qui, de nos jours, sont le plus imprégnés de son esprit. Personne n'a reproduit de notre temps avec plus d'autorité que MM. de Bonnald et de Maistre, les nouvelles maximes politiques de l'école théocratique. Demandezleur ce qu'ils pensent de l'élection, de l'opinion, de la souveraineté du peuple. Cette souveraineté répond pour eux tous, leur orateur M. de Maistre, est un dogme antichrétien; voilà pour l'orthodoxie. Mais on ne se contente pas de condamner ce que l'on a autrefois consacré; il faut encore le bafouer avec cette affectation d'insolence particulière aux aristocraties déchues, quand elles n'ont plus d'autres armes. De là cette souveraineté si vantée par les Bellarmin, les Mariana, les Emmanuel Sâ, n'est plus, pour M. de Maistre, qu'une criaillerie philosophique, c'est la rendre odieuse et ridicule que de la faire dériver du peuple. Estce assez de défections? Arrivé à ce terme, l'évolution est achevée. On a retourné contre l'institution populaire, l'arme qu'on avait aiguisée contre l'institution monarchique; et si de tout ce qui précède, quelque chose résulte avec une évidence manifeste, c'est qu'après avoir voulu ruiner, au seizième siècle, la royauté par l'autorité du peuple, on a voulu ruiner au dixneuvième les peuples par l'autorité des rois. Ce n'est plus le prince qu'on prétend poignarder; qui estce donc? L'opinion.

Ainsi, la fonction du jésuitisme, dans ses rapports avec la politique, a été de briser, l'une par l'autre, la monarchie par la démocratie, et réciproquement, jusqu'à ce que toutes ces formes étant usées ou déconsidérées, il ne reste rien à faire qu'à s'abîmer dans la constitution et l'idéal, inhérents à la Société de Loyola; et je ne puis trop m'étonner que quelques personnes de nos jours, se laissent aveugler par ce semblant de démocratie, sans voir que cette démagogie prétendue de la ligue, ne cachait rien au fond qu'un grand piége pour envelopper ensemble la royauté et le peuple. Lorsque Mariana et les docteurs de cette école ont bien argumenté pour appuyer la royauté sur la démocratie, ils ajoutent, sans se déconcerter, ces deux mots qui renversent tout l'échafaudage: la démocratie est une perturbation... Democratia quæ perversio est.

Que voulaient donc par de si grands travaux et tant de stratagèmes, les membres de la Société de Jésus? Que veulentils encore? Détruire pour détruire? Nullement. Ils veulent, comme il est dans l'esprit de toute société, de tout homme, réaliser l'idéal qu'ils portent écrit dans leur loi, s'en rapprocher par des voies détournées, s'ils ne peuvent l'atteindre directement. C'est la condition de leur nature, à laquelle ils ne peuvent renoncer, sans cesser d'être. Toute la question se réduit à chercher quelle forme sociale dérive nécessairement de l'esprit de la Société de Jésus. Mais pour découvrir ce plan, il suffit d'ouvrir les yeux; puisqu'avec cette audace qu'ils allient au stratagème, leurs grands publicistes l'ont nettement défini. Cet idéal est la théocratie.

Ouvrez seulement les œuvres de leur théoricien, de celui qui les a couverts si longtemps de sa parole, de cet homme qui donne une expression si douce et si tempérée à des idées si violentes, de leur docteur, de leur apôtre, du sage Bellarmin. Il ne s'en cache pas: sa formule de gouvernement est la soumission du pouvoir politique au pouvoir ecclésiastique; c'est pour le clergé, le privilége d'échapper, même en matière civile, à la juridiction de l'Etat; dans le pouvoir politique, c'est la subordination à l'autorité religieuse qui peut le déposer, le révoquer, l'enfermer, comme un bélier qu'on sépare du troupeau; c'est encore, de la part du clergé, le privilége d'échapper, même dans les affaires temporelles, au droit commun par le droit divin; en un mot, l'unité de l'Etat et de l'Eglise, à la condition que l'un sera soumis à l'autre, comme le corps l'est à l'esprit; une monarchie, une démocratie, une aristocratie, peu importe, avec le veto du pape, c'estàdire un état décapité, voilà la charte de l'ordre, rédigée par la plume savante de Bellarmin.

Qui se serait attendu à retrouver, mot pour mot, au seizième siècle, comme contrat d'alliance, l'ultramontanisme de Grégoire VII? Nous touchons à des charbons ardents, à ce qu'il y a de plus intime, de plus impérissable dans l'esprit des fondateurs de l'ordre. Non contents de ressaisir, jusqu'au sein de la réforme, le dogme religieux du moyen âge, ils ont cru en ressaisir aussi le dogme politique. Dans leur ardeur de tout reprendre, ils ont voulu rendre à la papauté l'ambition qu'elle avait ellemême déposée; comme si cette force souveraine, qui élève et qui dépose les gouvernements par une sorte de miracle social se recomposait péniblement, par la science, les controverses et les luttes! Cette force paraît en agissant; sitôt qu'elle a besoin de se prouver, elle cesse d'être. Je ne sache pas que Grégoire VII fît de longs traités, pour démontrer la puissance qu'il avait de foudroyer; il foudroyait, en effet, par une lettre, un mot, un signe; le front des rois se courbait, les docteurs se taisaient.

Mais imaginer que, pour remonter à ce Sinaï du moyen âge, pour rassembler les rayons de flamme qui partaient du front d'Hildebrand et atteignaient sans intermédiaire, le cœur des peuples prosternés; imaginer que pour de pareils prodiges ce soit assez d'entasser raisonnements sur raisonnements, textes sur textes, ou même ruses sur ruses, c'est prendre encore une fois la lettre pour la vie. La Société de Loyola a servi à maintenir la papauté sur le trône du moyen âge; et parce que tout l'extérieur est resté le même, elle ne peut concevoir que la papauté n'exerce pas l'autorité qu'elle avait au moyen âge; la Société de Jésus a rendu à la papauté ses foudres matériels; elle s'étonne que la papauté n'en terrifie pas le monde; oubliant que pour foudroyer les esprits, il faut rallumer d'abord les rayons de l'esprit.

Voilà le vrai malheur de cet ordre, dans le système politique. Abusé par la vision matérielle d'Hildebrand, il poursuit un idéal impossible. Il s'agite éternellement, sans aboutir nulle part; malheureux au fond, n'en doutez pas, sous ces prétendues conquêtes; car il s'inquiète plus qu'un autre, et pourquoi? pour inspirer à la papauté une passion d'autorité, qu'elle ne peut plus, qu'elle ne veut plus concevoir. Il se remue, il se fatigue, et pourquoi? pour regagner un lambeau de ce fantôme de Grégoire VII, qui chaque siècle, chaque année, se dérobe davantage et s'enfonce un degré plus avant dans l'irrévocable passé.

Certes, c'est un grand mot que l'unité de l'Eglise et de l'Etat, du spirituel et du temporel. J'admettrai, si l'on veut, facilement que la séparation de l'une et de l'autre est un malheur en soi; seulement, puisqu'il est arrivé au vu de toute la terre, et qu'on n'a pas su l'empêcher, un plus grand mal serait de le nier. Quand tous les peuples de la famille chrétienne reconnaissaient, au moyen âge, l'autorité d'un même chef, ce put être une chose inestimable que l'intervention de cette suprême autorité dans les affaires publiques. La dépendance des peuples européens sous une même puissance spirituelle ne faisait que constater leur égalité réciproque. Aujourd'hui que la moitié d'entre eux, en repoussant ce joug, se sont donné pleine carrière, comprendon quelle serait la situation de ceux qui l'accepteraient pleinement comme par le passé?

Après la rupture du seizième siècle, que l'on me cite un seul peuple chez lequel l'intervention, même indirecte, du spirituel dans le temporel, c'estàdire l'ultramontanisme, n'ait été une cause de ruine! Depuis quand la France atelle été tout ce qu'elle peut être? Depuis Louis XIV, et la déclaration de , qui marqua clairement l'indépendance de l'Etat. Au contraire, qu'avezvous fait des peuples qui sont restés le plus fidèles à vos doctrines? Qu'avezvous fait de l'Italie? au nom de l'unité, vous l'avez partagée en pièces; elle ne peut se réunir. Qu'avezvous fait de l'Espagne, du Portugal, de l'Amérique du sud? ces peuples ont suivi l'impulsion de la théocratie; comment en sontils récompensés? par toutes les apparences de la mort. Qu'avezvous fait de la Pologne; elle aussi était restée fidèle, vous l'avez livrée aux bras du schismatique.

D'autre part, les peuples qui sont aujourd'hui puissants, qui ont du moins pour eux tous les signes de la bonne fortune, ceux qui aspirent à de grandes entreprises, ceux qui s'éveillent, grandissent, l'Angleterre, la Prusse, la Russie, les EtatsUnis, sontce là des ultramontains? à vous entendre, c'est à peine si ce sont des chrétiens.

D'où vient un si étrange renversement? Pourquoi la soumission au spirituel, emportetelle partout la décadence et la ruine? pourquoi les peuples qui se sont abandonnés à cette direction sontils tombés dans un assoupissement irrémédiable? la nature de l'esprit n'estelle pas de réveiller, loin d'assoupir? Assurément. L'esprit ne doitil pas commander au corps? Oui, sans doute. La doctrine de l'ultramontanisme est donc en soi philosophiquement, théoriquement vraie? Je la tiens en effet pour légitime. Que peutil y manquer, pour que la providence la réfute d'une manière si frappante? Une seule condition, par exemple, si tous les rapports étant renversés, l'esprit cessait de penser et laissait cette tâche au corps; si l'on conservait le mot sans conserver la réalité, si le spirituel s'était laissé déposséder de l'esprit, si, par un bouleversement insigne, il y avait eu depuis trois siècles plus de martyrs dans les révolutions politiques que dans les querelles ecclésiastiques, plus d'enthousiasme chez les laïques que chez les réguliers, plus de ferveur dans la philosophie que dans la controverse, en un mot, plus d'âme dans le temporel que dans le spirituel. Il en résulterait que les uns auraient gardé la lettre pendant que les autres auraient conquis la chose; mais, pour mener le monde, il ne suffit pas de dire du bout des lèvres: Seigneur, Seigneur; il faut encore que ces paroles, pour renfermer la puissance, renferment la réalité, l'inspiration et la vie.

**PHILOSOPHIE, DU JÉSUITISME DANS L'ORDRE TEMPOREL,
CONCLUSION.**

Nous avons vu la société de Jésus tour à tour en lutte avec l'individu dans les Exercices spirituels de Loyola, avec la société politique dans l'ultramontanisme, avec les religions étrangères dans les missions; il reste, pour achever l'examen de ses doctrines, à les voir aux prises avec l'esprit humain, dans la philosophie, la science et la théologie. Ce n'était rien d'envoyer au bout du monde de hardis messagers, de gagner par surprise quelques peuplades à un évangile déguisé, de ruiner la royauté par le peuple, le peuple par la royauté; ces projets à moitié consommés et qui semblent si ambitieux, pâlissent tous devant la résolution de refaire par la base, l'éducation du genre humain.

Les fondateurs de l'ordre ont parfaitement compris les instincts de leur temps; ils naissent au milieu d'un mouvement d'innovation qui saisit toutes les âmes; l'esprit de création, de découverte déborde partout; il emporte, entraîne le monde. Dans cette sorte d'ivresse de la science, de la poésie, de la philosophie, on se sentait précipité vers un avenir inconnu. Comment arrêter, suspendre, glacer la pensée humaine au milieu de cet élan? Il n'y avait pour cela qu'un seul moyen; c'est celui que tentèrent les chefs de l'ordre de Jésus: se faire les représentants de cette tendance, y obéir pour mieux l'arrêter, bâtir sur toute la terre, des maisons à la science pour emprisonner l'essor de la science, donner à l'esprit un mouvement apparent qui lui rende impossible tout mouvement réel, le consumer dans une gymnastique incessante et sous de faux semblants d'activité, caresser la curiosité, éteindre dans le principe le génie de découverte, étouffer le savoir sous la poussière des livres, en un mot faire tourner la pensée inquiète du seizième siècle dans une roue d'Ixion, voilà quel fut, dès son origine, ce grand plan d'éducation suivi avec tant de prudence et un art si consommé. Jamais on ne mit tant de raison à conspirer contre la raison.

On a accusé la société de Jésus d'avoir persécuté Galilée. Elle a fait mieux que cela en travaillant avec une habileté incomparable à rendre impossible dans l'avenir le retour d'un autre Galilée, et en extirpant de l'esprit humain la manie de l'invention. Elle a rencontré devant elle cet éternel problème de l'alliance de la croyance et de la science, de la religion et de la philosophie. Si, comme les mystiques du moyen âge, elle se fût contentée de mépriser l'une et d'exalter l'autre, nul doute que le siècle ne l'eût pas écoutée. Il faut lui rendre la justice qu'elle a voulu au moins laisser subsister les deux termes; mais comment a-t-elle résolu le problème de l'alliance? en faisant nominativement briller la raison, en lui accordant toutes les chances de la vanité, tous les dehors de la puissance, à la seule condition de lui en refuser l'usage. De là, dans quelque lieu que la Société s'établisse, au milieu des villes, comme au milieu des solitudes des grandes Indes ou de l'Amérique, elle bâtit, en face l'un de l'autre, une église et un collége; une maison pour la croyance, une maison pour la science. N'estce pas la marque d'une impartialité souveraine? Tout ce qui rappelle ou satisfait l'orgueil de la pensée humaine, manuscrits, bibliothèques, instruments de physique, d'astronomie, est rassemblé dans le fond des déserts. Vous diriez d'un temple dressé à la raison humaine. Sans nous laisser arrêter par ces dehors, pénétrons au fond du système; consultons l'esprit qui donne un sens à tout l'établissement. La Société, dans des règles destinées à être secrètes, a dressé ellemême la constitution de la science, sous le titre de Ratio studiorum. L'une des premières injonctions que je rencontre est celleci: «que personne, même dans les matières qui ne sont d'aucun danger pour la piété, ne pose jamais une question nouvelle;» NEMO NOVAS INTRODUCAT QUÆSTIONES... Quoi! lorsqu'il n'y a aucun danger, ni pour les personnes, ni pour les choses, ni même pour les idées, s'emprisonner, dès l'origine, dans un cercle de problèmes, ne jamais regarder au delà, ne pas déduire d'une vérité conquise une vérité nouvelle! N'estce pas là stériliser le bon denier de l'Evangile? n'importe. Les termes sont précis; la menace qui les accompagne ne permet pas d'ambages. «Quant à ceux qui sont d'un esprit trop libéral, il faut absolument les repousser de l'enseignement.» Du moins, s'il est défendu d'attirer l'intelligence vers des vérités nouvelles, sans doute il sera libre à chacun de débattre les questions proposées, surtout si elles sont aussi vieilles que le monde. Non, cela n'est pas permis; expliquonsnous. Je vois de longues ordonnances sur la philosophie; je suis curieux de savoir ce que peut être la philosophie du jésuitisme; je m'attache à cette partie qui résume la pensée de toutes les autres; et que trouvéje? la confirmation éclatante et matérielle de tout ce que j'ai dit jusqu'à ce jour. En effet, à ce mot de philosophie, vous vous attendez à rencontrer les questions sérieuses et vitales de la destinée, ou du moins cette sorte de liberté que le moyen âge a su concilier avec la subtilité de la scolastique. Détrompezvous; ce qui brille dans ce programme, est ce qu'on ne peut y faire entrer; c'est l'habileté à éloigner tous les grands sujets, pour ne maintenir que les petits. Devineriezvous jamais de qui, d'abord, il est défendu de parler dans la philosophie du jésuitisme? Il faut premièrement ne s'occuper que le moins possible de Dieu, et même n'en pas parler du tout: Quæstiones de Deo... prætereantur! «Que l'on ne permette pas de s'arrêter à l'idée de l'Être plus de trois ou de quatre jours» et le cours de philosophie est de trois ans. Quant à la pensée de substance, il faut absolument n'en rien dire nihil dicant! surtout bien éviter de traiter des principes; et pardessus tout, s'abstenir, tant ici qu'ailleurs multò verò magis abstinendum de s'occuper en rien ni de la cause première, ni de la liberté, ni de l'éternité de Dieu. Qu'ils ne disent rien, qu'ils ne fassent rien, paroles sacramentelles qui reviennent sans cesse, et forment tout l'esprit de cette méthode philosophique; qu'ils passent, sans examiner, non examinando, c'est le fond de la théorie.

Ainsi, encore une fois, mais d'une manière plus frappante qu'en aucune autre matière, l'apparence à la place de la réalité, le masque au lieu du personnage. Concevezvous un moment ce que pouvait être cette prétendue science de l'esprit, décapitée, dépossédée de l'idée de cause, de substance, et même de Dieu, c'estàdire, de tout ce qui en fait la grandeur? Ils montraient bien, d'ailleurs, quel état ils en faisaient, par cette clause étrange de la règle: «Si quelqu'un est inepte dans la philosophie, qu'il soit appelé à l'étude des cas de conscience;» quoiqu'à véritablement parler, je ne sache, si dans ces mots il y a plus de mépris pour la philosophie ou pour la morale théologique.

Du reste, voyez combien ils sont conformes à euxmêmes; dès l'origine, ils se sont défiés de l'esprit, de l'enthousiasme, de l'âme; par où ils ont été conduits à se défier de ce qui est le principe et la source de tout cela, je veux dire, de l'idée même de Dieu. Dans la crainte qu'ils ont toujours eue de la grandeur réelle, ils devaient arriver à se faire une science athée, une métaphysique athée, qui, ne participant en rien de la vie, en eût néanmoins tous les simulacres. De là, après avoir retranché le but de la science, cet appareil de discussions, de thèses, de luttes intellectuelles, de combats de paroles, qui caractérisent l'éducation dans l'ordre de Jésus. Plus ils avaient ôté le sérieux à la pensée, plus ils conviaient les hommes à cette gymnastique, à cette escrime intellectuelle, qui couvraient le néant de la discussion. Ce n'étaient que spectacles, solennités, joutes d'académies, duels spirituels. Comment croire que la pensée ne fût pour rien au milieu de tant d'occupations littéraires, de rivalités artificielles, d'écrits échangés? Ce fut là, le miracle de l'enseignement de la société de Jésus: attacher l'homme à d'immenses travaux qui ne pouvaient rien produire, l'amuser par la fumée, pour l'éloigner de la gloire, le rendre immobile au moment même, où il était abusé par toutes les apparences d'un mouvement littéraire et philosophique. Quand le génie satanique de l'inertie aurait paru sur la terre, j'affirme qu'il n'aurait pas procédé autrement.

Appliquez un instant cette méthode à un peuple en particulier, chez lequel elle devienne dominante, à l'Italie, à l'Espagne, et mesurez les résultats! Ces peuples, encore tout émus des hardiesses du seizième siècle, n'eussent pas manqué de repousser la mort sous ses traits naturels. Mais la mort qui se présente sous la forme de la discussion, de la curiosité, de l'examen, comment la reconnaître? Aussi, en quelques années, dans ces villes que l'art, la poésie, la politique avaient remplies, Florence, Ferrare, Séville, Salamanque, Venise, les générations nouvelles croient marcher sur les traces vivantes des ancêtres, parce que sous la main des Jésuites, elles s'agitent, se remuent, intriguent dans le vide. Si la métaphysique est sans Dieu, il va sans dire que l'art est sans inspiration; ce n'est plus qu'un exercice, un jeu poétique. On s'imagine être encore du pays des poëtes, et continuer la lignée, si l'on commente Ezéchiel avec Catulle, et les Exercices spirituels de Loyola avec Théocrite, si l'on compose, pour la retraite spirituelle dans la maison d'épreuve, des églogues imitées mot pour mot de celles de Virgile sur Thyrsis, Alexis et Corydon, assis seul au bord de la mer; et ces œuvres monstrueuses, dont la fadeur exhale une odeur de sépulcre blanchi, audacieusement présentées pour le modèle de l'art nouveau, par la société de Jésus, sont précisément celles qui la trahissent le plus.

Elle a cru que l'art n'étant que mensonge, elle pourrait en faire ce qu'elle voudrait, et l'art a déconcerté tous ses calculs; elle s'est élancée dès l'origine dans cette voie, à un excès de ridicule et de faux goût que personne n'atteindra. Le christianisme commence dans la poésie par le chant du Te Deum; le jésuitisme commence par l'églogue officielle de saint Ignace et du père Le Fèvre, cachés sous les personnages de Daphnis et de Lycidas: S. Ignatius et primus ejus socius Petrus Faber, sub personâ Daphnidis et Lycidæ. Or, ce n'est pas là le poëme d'un particulier; c'est un genre propre à la société, celui qu'elle propose elle même, comme une innovation, dans ses œuvres collectives; sur quoi je ne puis m'empêcher de remarquer que le jésuitisme a pu faire paraître son habileté en toute autre matière, et prendre tous les autres masques; dès qu'il a voulu se servir de la poésie, cette fille de l'inspiration et de la vérité s'est retournée contre lui; elle a vengé, par le comble du ridicule, la philosophie, la morale, la religion et le bon sens tout ensemble.

Faisons encore un pas pour en finir. De la philosophie élevonsnous pour un instant à la théologie, je veux dire aux rapports du jésuitisme avec le monde chrétien au seizième siècle. La question qui dominait la révolution religieuse était une question de liberté. L'église se partage. Entre la réforme et la papauté quelle est la situation que va prendre le jésuitisme? Toute son existence dépend, à vrai dire, de ce point unique; et là sa politique a passé de bien loin celle de Machiavel. Il s'agit au fond, dans tout ce siècle, de se prononcer dans chaque communion pour ou contre le libre arbitre. Pour qui, croyezvous, vont se décider ces hommes qui dans le fond du cœur ont juré la servitude de l'esprit humain? Ils n'hésitent pas, ils se décident, dans leurs doctrines, ouvertement, officiellement pour la liberté; ils s'enveloppent, ils se parent de ce drapeau; ils sont, dans cette mêlée du seizième siècle, on ne peut trop le repéter, les hommes du libre arbitre, les partisans de l'indépendance métaphysique. Ils exagèrent si bien, à plaisir, cette doctrine, que les ordres religieux qui ont conservé la tradition vive du catholicisme, les dominicains, se révoltent; l'inquisition menace; les papes, euxmêmes, ne comprenant rien à tant de profondeur, sont tout près de condamner; cependant soit frayeur, soit instinct, ils sont retenus et laissent faire, jusqu'à ce que l'événement explique une manœuvre dont ni la papauté, ni l'inquisition, ni les anciens ordres n'avaient pu se rendre compte.

Voici quel était l'avantage d'un jour que s'était donné le jésuitisme, tout à la fois sur la réformation et sur la papauté. En portant au dernier degré la doctrine du libre arbitre, il complaisait aux instincts d'indépendance des temps modernes. Quelle force n'avaitil pas contre les protestants, lorsqu'il pouvait les convier à l'indépendance intérieure, qu'il les invitait à briser le joug de la prédestination et de la fatalité! C'était un argument tout puissant, contre les protestants de France et d'Allemagne; ils se sentaient ressaisis par l'instinct même qui les avait fait se détacher. Luther et Calvin avaient nié le libre arbitre; les disciples de Loyola pénétrant par cette brèche, reprenaient, regagnaient l'homme moderne, précisément par le sentiment que les temps ont le plus développé chez lui. Avouez que le chefd'œuvre était d'asservir l'esprit humain au nom de la liberté.

En tout ceci, la politique religieuse du jésuitisme est absolument la même que celle des premiers empereurs romains. De même qu'Auguste et Tibère se font les représentants de tous les anciens droits de la république pour les étouffer tous, les jésuites se font les représentants des droits innés et métaphysiques de l'esprit humain, pour le réduire au servage le plus absolu qui fut jamais. Ils ont, autant que possible réalisé le vœu de cet empereur: Si le genre humain n'avait qu'une tête! La différence est qu'au lieu de la trancher, ils se contentent de l'asservir.

En effet, cette âme qu'ils viennent de faire rentrer dans l'indépendance native, qu'en vontils faire? La rendre à l'Eglise. Sans doute. Mais à laquelle? Estce à l'Eglise démocratique des premiers siècles? à l'Eglise fondée sur la solennelle représentation des conciles? à l'Eglise dont tout le quinzième siècle a demandé la réforme? Tout dépend, en dernière analyse, de savoir quelle est la forme que veut faire prédominer le jésuitisme dans la constitution du catholicisme. Il y avait, au seizième siècle, trois tendances en Europe et trois manières de terminer le débat: faire prédominer les conciles ce qui était développer l'élément démocratique, ou la papauté ce qui poussait à l'autocratie, ou enfin comme par le passé les tempérer mutuellement. Quelle fut, au milieu de pareilles questions, la conduite et la théologie de ces grands fauteurs du droit inné de la liberté humaine?

Leur doctrine dans les sessions de Trente et partout ailleurs, fut d'extirper par la racine tout élément de liberté dans l'église, de ravaler dans la poussière les conciles, ces grandes assemblées représentatives de la chrétienté, de saper par la base le droit des évêques, ces anciens élus du peuple, de ne rien laisser subsister théologiquement que le pape, c'estàdire, comme s'exprime un illustre prélat français du seizième siècle, de fonder non pas une monarchie, mais tout ensemble une tyrannie temporelle et spirituelle. Comprenezvous, maintenant, le long détour qui étonnait l'inquisition elle même? Ils saisissent l'homme moderne au nom de la liberté; ils le plongent tout aussitôt, au nom du droit divin, dans une servitude irrémédiable: car, dit leur orateur, leur général, Laynez, l'Eglise est née dans la servitude, destituée de toute liberté et de toute juridiction. Le pape seul est quelque chose, le reste n'est qu'une ombre.

Par là, vous le voyez, s'effacent d'un trait de plume, cette tradition de vie divine qui circulait dans tout le corps, cette transmission du droit de la société des apôtres à la société chrétienne tout entière. Au lieu de cette église gallicane reliée aux autres par une même communauté de sainteté, de puissance, de liberté; au lieu de ce vaste fondement qui rattachait les peuples à Dieu, dans une organisation sublime; au lieu de tant d'assemblées provinciales, nationales, générales, qui communiquaient leur vie au chef, et réciproquement puisaient en lui une partie de leur vie, que restetil en théorie dans le catholicisme de la société de Jésus? Un vieillard élevé en tremblant sur le pavois du Vatican; tout se retire en lui; tout s'absorbe en lui. S'il défaille, tout s'écroule; s'il chancelle, tout s'égare; et après cela, que devient cette Eglise de France si magnifiquement célébrée par Bossuet? Un souffle suffit pour la dissiper.

C'estàdire, que malgré eux ils communiquent la mort à ce qu'ils veulent éterniser; car, enfin, on ne fera croire à personne qu'il y ait plus d'apparence de vie, lorsque la vitalité est renfermée dans un seul membre, que lorsqu'elle est répandue dans tout l'univers chrétien. Depuis quinze siècles, la chrétienté s'était soumise au joug spirituel de l'église, image de la société des apôtres. Mais ce joug ne leur a pas suffi; ils ont voulu courber le monde tout entier sous la main d'un seul maître. Ici mes paroles sont trop faibles; j'emprunterai celles d'autrui. Ils ont voulu c'est l'accusation que leur jeta en face l'Evêque de Paris, en plein concile de Trente faire de l'épouse de JésusChrist une prostituée aux volontés d'un homme. Et voilà aussi pourquoi le monde chrétien ne leur pardonnera pas. On eût pu oublier, avec le temps une franche guerre, ou encore des maximes d'une fausse piété, des stratagèmes de détail. Mais, attirer tout d'un coup l'esprit humain dans une embûche, l'appeler, le caresser au nom de l'indépendance intérieure, du libre arbitre, et le précipiter, sans délai, dans l'éternel servage, c'est là une entreprise qui soulève les plus simples. Comme elle n'a pas pour but un pays particulier et qu'elle enveloppe l'humanité tout entière, la réprobation n'est pas seulement dans un peuple, mais dans tous; car, il faut bien un crime universel pour expliquer un châtiment universel.

Ils ont tenté de surprendre la conscience du monde, et le monde leur a répondu. Lorsqu'en , ils furent chassés d'une ville essentiellement catholique, de Venise, ce peuple le plus doux de la terre les accompagna en foule au bord de la mer et leur jeta sur les flots ce cri d'adieu: Allez! malheur à vous! Ande in malora! Ce cri fut répété dans les deux siècles suivants, en Bohême en , à Naples et dans les PaysBas en , dans l'Inde en , en Russie en , en Portugal en , en Espagne en , en France en , à Rome et sur toute la face de la chrétienté, en . De nos jours, si les hommes, Dieu merci, plus patients, ne disent plus rien, il ne faudrait pas, cependant, réveiller ni tenter ce grand écho, lorsque d'un bout de l'Europe à l'autre, les choses crient encore comme sur la plage de Venise: Allez! malheur à vous! Ande in malora!

Voilà les observations que j'avais à faire sur les maximes fondamentales de l'ordre de Jésus; je me suis attaché aux principes, et j'ai montré comment l'ordre y a été rigoureusement fidèle, dans les temps qui ont suivi; comment il y a eu deux hommes dans la personne du fondateur, un ermite et un politique; dualité de la piété et du machiavélisme qui à l'origine a été reproduite en chaque chose, dans la théologie, par Laynez et Bellarmin, dans le système d'éducation par le pieux François Borgia et le rusé Aquaviva, dans les missions, par saint François Xavier et par les apostats de la Chine, enfin, pour tout comprendre en un mot, par le mélange de la dévotion de l'Espagne et de la politique de l'Italie.

Nous avons combattu le jésuitisme dans l'ordre spirituel. Cela ne suffit pas; veillons encore, les uns et les autres, à ce qu'il ne pénètre pas dans l'ordre temporel.

C'est un grand mal assurément qu'il soit entré dans l'église; tout serait perdu s'il s'insinuait dans les mœurs et dans l'Etat; car vous savez bien que la politique, la philosophie, l'art, la science, les lettres, ont aussi bien que la religion un jésuitisme qui leur est propre. Partout il consiste à donner aux apparences les signes de la réalité. Que deviendrait un peuple en général, si, dans la politique, il possédait toutes les apparences du mouvement et de la liberté: rouages ingénieux, assemblées, discussions, chocs de doctrines, de paroles, changement de noms, et si par hasard, au milieu de tout ce bruit extérieur, il tournait perpétuellement dans le même cercle? N'y auraitil pas à craindre que tant de dehors et de semblants de vie ne l'accoutumassent peu à peu à se passer du fond des choses?

Que deviendrait une philosophie qui voudrait, à tout prix, exalter sa propre orthodoxie? N'y auraitil pas à craindre, que sans atteindre la rigueur de la théologie, elle ne perdît le dieu intérieur? que deviendrait l'art, si, pour remplacer le mouvement ingénu du cœur, il voulait faire illusion par le mouvement et le fracas des mots? Que seraient, toutes ces choses, si ce n'est l'esprit du jésuitisme, transporté dans l'ordre temporel?

Je ne dis pas que ces choses soient consommées; je dis qu'elles menacent le monde. Et pour y obvier où est le moyen? Il est en vous, en vous qui possédez la vie sans le calcul; conservezla dans sa source première, puisqu'elle vous a été donnée, non pour vous, mais pour rajeunir et renouveler le monde. Je sais bien que l'on met aujourd'hui en suspicion toutes les idées; cependant, ne glacez pas d'avance votre vie par trop de soupçons; et ne croyez pas que, dans notre pays, il n'existe plus d'hommes de cœur décidés à aller dans leur conduite jusqu'où va leur pensée. Le moyen le plus sûr de lutter contre le jésuitisme sous toutes ses formes, voulezvous que je vous le dise? ce n'est pas, de ma part, de discourir dans une chaire; tout le monde peut le faire et beaucoup mieux que moi; ce n'est pas, de votre côté, de m'écouter avec bienveillance. Non, les paroles ne suffisent plus, au milieu des stratagèmes du monde qui nous enveloppe. Il faut encore la vie; il faut, avant de nous séparer, jurer ici, les uns pour les autres, solidairement et publiquement, d'établir notre vie sur les maximes les plus opposées à celles que j'ai décrites, c'estàdire de persévérer jusqu'au bout, et en toutes choses, dans la sincérité, la vérité, la liberté. En d'autres termes, c'est promettre de rester fidèle au génie de la France, qui est tout ensemble mouvement, force, élan, loyauté, puisque c'est à ces signes que l'étranger vous reconnaît pour Français. Si, pour ma part, je manque à ce serment, que chacun de vous me le rappelle, partout où il me rencontrera!

Mais, s'écrieton, vous qui parlez de sincérité, vous pensez secrètement que le christianisme est fini, et vous n'en dites rien. Annoncez au moins, au milieu de la confusion des croyances de nos temps, par quelle secte vous prétendez le remplacer.

Je n'ai point exagéré mon orthodoxie, je ne veux pas non plus exagérer l'esprit de sectaire que l'on veut bien m'attribuer. Puisqu'on nous le demande, nous le dirons bien haut. Nous sommes de la communion de Descartes, de Turenne, de Latour d'Auvergne, de Napoléon; nous ne sommes pas de la religion de Louis XI, de Catherine de Médicis, du père Letellier, ni de celle de M. de Maistre, ni même de celle de M. de Talleyrand.

D'ailleurs, je suis si loin de croire que le christianisme est à bout, que je suis, au contraire, persuadé que l'application de son esprit ne fait que commencer dans le monde civil et politique. Au point de vue purement humain, une révélation ne s'arrête que lorsqu'elle a fait passer son âme entière dans les institutions vivantes des peuples. Sur ce principe, le mosaïsme fait place à la parole nouvelle, quand après avoir pénétré partout dans la société des Hébreux, il l'a moulée à son image. La même chose est vraie du polythéisme; sa dernière heure arrive, aussitôt qu'il achève d'investir de son esprit l'antiquité grecque et romaine.

Cela posé, jetez les yeux, non sur les pharisiens du christianisme, mais sur la pensée de l'Evangile. Qui prétendra que cette parole s'est tout entière incarnée dans le monde, qu'elle n'est plus capable d'aucune transformation, d'aucune réalisation nouvelle, que cette source est tarie, pour avoir abreuvé trop de peuples et d'états? Je regarde le monde, et le vois possédé encore à demi par la loi païenne. L'égalité, la fraternité, la solidarité annoncée, où sontelles? dans les lois écrites, peutêtre; mais dans la vie, dans les cœurs, où les trouvezvous?

L'humanité chrétienne s'est modelée, je le veux bien, sur la vie de JésusChrist. Je retrouverai, j'y consens, à travers les dixhuit siècles écoulés l'humanité moderne, pleurant et gémissant dans la crèche nue du moyen âge; je retrouverai encore, au milieu de tant de discordes de l'intelligence, les luttes des scribes et des pharisiens, et sous tant de douleurs poignantes et nationales, l'imitation du calice, l'hysope aux lèvres des peuples flagellés. Mais, estce là tout l'Evangile? et la société des frères rassemblés dans un même esprit? et l'union, la concorde, la paix entre tous les hommes de bonne volonté, l'aurore de la transfiguration après la nuit du sépulcre? et le Christ triomphant sur le trône des tribus; n'estce pas là aussi une partie du Nouveau Testament? Fautil d'avance renoncer à l'unité, au triomphe comme à une fausse promesse? Ne fautil recueillir de l'Evangile, que le glaive et le fiel? Qui oserait le dire, quoique assez de personnes le pensent?

Préparer les âmes à cette unité, à cette solidarité promise est le véritable esprit de l'Education de l'homme moderne. La société de Jésus, dans son système appliqué au genre humain, n'avait pu méconnaître entièrement cette fin, et c'est de quoi je la loue hautement. Le malheur est que pour conduire le monde à l'unité sociale, elle commençait, comme toujours, par détruire la vie, en abolissant, dans les âmes, la famille, la patrie, l'humanité. A peine si vous trouvez ces trois mots prononcés, dans ses constitutions et ses règles, même pour les laïques. Tout s'agite entre l'Ordre et la papauté. Cependant, j'avoue que cette éducation abstraite, brisant chacun des liens sociaux, donnait une certaine indépendance négative, qui explique assez bien le genre d'attrait qu'on y trouvait. On échappait à l'action alors sévère du foyer paternel, à celle de l'Etat, du monde; tout allait bien, dès qu'on avait satisfait à l'Institut. Ce qui sortait de cette éducation n'était à proprement parler ni un enfant, ni un citoyen, ni un homme; c'était un jésuite en robe courte.

Pour moi, je ne comprends l'éducation réelle, que si, loin de détruire ces trois foyers de vie, famille, patrie, humanité, on les y fait tous concourir pour quelque chose, selon leur mesure naturelle; si l'enfant s'élève, par ces degrés, dans la plénitude de la vie, si la famille lui communique d'abord et lentement ses souvenirs, sa tradition qui s'approfondit dans le cœur de la mère; s'il étend cette première flamme, au pays, à la France, qui devient pour lui une mère plus sérieuse; si l'Etat, en le prenant dans ses bras, en fait un citoyen capable, sur un signe, de courir au drapeau; si, développant encore cet amour tout vivant, il finit par embrasser l'humanité et les siècles passés dans une étreinte religieuse; si à chacun de ces degrés, il sent la main du Dieu qui le prend et réchauffe sa jeune âme. Voilà un chemin vers l'unité, qui n'est pas une abstraction, mais où chaque pas se marque par la réalité et le battement du cœur. Ce n'est pas une formule; c'est la vie ellemême.

Le plus grand plaisir que nous pourrions faire à nos adversaires serait, en nous opposant au pharisaïsme chrétien, de nous rejeter dans le scepticisme absolu. Ni le jésuitisme, ni le voltairianisme. Cherchons ailleurs l'étoile de la France.

J'ai commencé ce cours l'hiver dernier, en prémunissant ceux qui m'entendaient contre le sommeil de l'esprit, au sein des jouissances matérielles. Je dois finir par un avertissement semblable. C'est sur vous que peut se mesurer l'avenir de la France. Songez bien qu'elle sera un jour ce que vous êtes au fond du cœur en ce moment. Vous qui allez vous séparer pour vous élancer dans différentes carrières publiques ou privées, vous qui serez demain des orateurs, des écrivains, des magistrats, que saisje, vous à qui je parle peutêtre pour la dernière fois, si jamais il m'est arrivé de réveiller en vous un instinct, une pensée d'avenir, ne les considérez pas, plus tard, comme un rêve, une illusion de jeunesse qu'il est bon de renier, sitôt qu'on pourrait l'appliquer, c'estàdire, sitôt que l'intérêt s'en mêle. Ne reniez pas, à votre tour, vos propres espérances. Ne démentez pas vos pensées les meilleures, celles qui sont nées en vous, sous l'œil de Dieu, quand, éloignés des convoitises du monde, ignorés, pauvres peutêtre, vous demeuriez seuls en présence du ciel et de la terre. Bâtissez d'avance autour de vous un mur que la corruption ne puisse surmonter; car la corruption vous attend, au sortir de cette enceinte.

Surtout veillez! Pour peu que les âmes s'endorment dans l'indifférence, il y a de tous côtés, vous l'avez vu, des messagers de morts qui arrivent et se glissent par des voies souterraines. Certes, pour se reposer, il ne suffit pas d'avoir travaillé trois jours, même sous un soleil de juillet; il faut combattre encore, non pas sur la place publique, mais dans le fond de l'âme, partout où le sort vous placera; il faut combattre par le cœur, par la pensée pour relever et développer la victoire.

Qu'ajouteraije encore! Une chose que je crois bien sérieuse: dans ces écoles si diverses, si multipliées, vous êtes les favorisés de la science comme ceux de la fortune. Tout vous est ouvert, tout vous sourit. Entre tant d'objets présentés à la curiosité humaine, vous pouvez choisir celui auquel vous pousse votre vocation intérieure. Vous avez, si vous le voulez, toutes les joies comme aussi tous les avantages de l'intelligence. Mais, pendant que vous jouissez ainsi de vousmême tout entier, semant chaque jour généreusement dans votre pensée un germe qui doit grandir, combien d'esprits jeunes aussi, altérés aussi de la soif de tout connaître, sont contraints par la mauvaise fortune de se dévorer en secret et souvent de s'éteindre dans l'abstinence de l'intelligence, comme dans l'abstinence du corps! Un mot peutêtre eût suffi pour leur révéler leur vocation; mais ce mot ils ne l'entendront pas. Combien voudraient venir partager avec vous le pain de la science! mais ils ne le peuvent. Ardents, comme vous, pour le bien, ils ont assez à faire de gagner le pain de chaque jour; et ce n'est pas là le plus petit nombre, c'est le plus grand.

Si cela est vrai, je dis, que, dans quelque voie que le sort vous jette, vous êtes les hommes de ces hommes, que vous devez faire tourner à leur profit, à leur honneur, à l'accroissement de leur situation, de leur dignité, ce que vous avez acquis de lumière sous une meilleure étoile; je dis que vous appartenez à la foule de ces frères inconnus, que vous contractez ici, envers eux, une obligation d'honneur qui est de représenter partout, de défendre partout leurs droits, leur existence morale, de leur frayer, autant que possible, le chemin de l'intelligence et de l'avenir qui s'est ouvert devant vous, sans même que vous ayez eu besoin de frapper à la porte.

Partagez donc, multipliez donc le pain de l'âme; c'est une obligation pour la science aussi bien que pour la religion; car, il est certain qu'il y a une science religieuse, et une autre qui ne l'est pas. La première distribue, comme l'Evangile, et répand au loin ce qu'elle possède; la seconde fait le contraire de l'Evangile. Elle craint de prodiguer, de disperser ses priviléges, de communiquer le droit, la vie, la puissance à un trop grand nombre. Elle élève les orgueilleux, elle abaisse les humbles. Elle enrichit les riches, elle appauvrit les pauvres. C'est la science impie, et celle dont nous ne voulons pas.

Un mot encore, et j'ai fini. Cette lutte qui peutêtre ne fait que commencer a été bonne pour tous; et je remercie le ciel de m'avoir donné l'occasion d'y paraître pour quelque chose; elle peut servir d'instruction à ceux qui sont en mesure d'en profiter. On croyait que les âmes étaient divisées, attiédies, et que le moment était venu de tout entreprendre. Il n'a fallu qu'un danger évident; l'étincelle a jailli, tous se sont réunis en un seul homme. Ce qui arrive ici dans cette question, arriverait, s'il était besoin demain dans toute la France, pour toute question, où le péril serait manifeste. Que l'on ne remue donc pas trop ce que l'on appelle nos cendres. Il y a sous ces cendres un feu sacré qui couve encore.

Je reproduis ici un morceau que je publiai l'année dernière. Je posais la question dans les termes où elle est établie aujourd'hui par la Critique. Il va sans dire que l'injure fut la seule réponse.

UN MOT SUR LA POLÉMIQUE RELIGIEUSE.

Ceux qui spéculent si bruyamment aujourd'hui sur des croyances respectables avaient pris un autre ton depuis plusieurs années; la polémique avait cédé à la poésie; l'ancienne controverse s'était changée en élégie. Ce n'étaient partout, dans cette théologie amoureuse, que cathédrales, ogives parfumées, petits vers demiprofanes, demisacrés, qui s'insinuaient en murmurant au cœur des plus rebelles; art mystique, qui pour plus de tolérance sanctifiait les sens; légions d'anges tombés, relevés, qui toujours étaient là pour couvrir de leurs ailes indulgentes l'hérésie ou le péché. Le démon luimême, toujours pleurant, rimait des vers mélancoliques, depuis qu'il avait pris la peau de l'agneau. Dans ce changement, il n'est pas de voltairien qui ne se fût senti gagné et appelé; c'était non pas une trêve, mais une paix profonde. Tant de douceur, tant d'amour, une piété si compatissante! où est l'âme qui n'en eût pas été touchée? Les temps des prophètes étaient arrivés. Le loup dormait avec la brebis, c'estàdire, la philosophie avec l'orthodoxie; les incrédules répétaient sur leur lyre les cantiques spirituels des croyants, et les croyants purifiaient par la rime le doute des incrédules. Que ces temps étaient beaux, mais qu'ils ont passé vite! C'est au milieu de ce paradis terrestre, que tout à coup ces voix emmiellées se sont remplies de fiel! Comment, en un instant, odes, dithyrambes, élégies indulgentes, art plaintif, ontils fait place à la prosaïque délation? En ce tempslà, on a vu les mandements se changer en pamphlets; les évêques se sont faits journalistes; les anges tombés ont écrit des brochures; ils ont embouché la trompette infernale dans le nuage d'un feuilleton, et, par excès de malheur, ils ont cité à faux, en sorte que les cieux de l'art catholique se sont voilés, et que l'Université de France, but innocent de cet orage, a été émue jusqu'au plus profond de ses entrailles.

Pour parler sérieusement, que l'on ne dise pas que le catholicisme est ainsi revenu à sa pente naturelle, que son tempérament est d'être intolérant, provocateur, délateur, que c'est là son génie, qu'il faut qu'il y reste fidèle, ou qu'il cesse d'être. Dans la partie de l'Europe où le droit d'examen en matière religieuse est passé profondément dans les mœurs et dans les institutions, le catholicisme a trèsbien su se plier ou se réduire aux conditions que le temps et les choses lui ont faites. Là, il partage son église avec les hérétiques; il célèbre la messe dans le même temple où le protestantisme réunit ses fidèles; la même chaire retentit tour à tour de la parole de Luther et des doctrines de

Rome. Souvent même j'ai vu le prêtre catholique et le prêtre protestant, réunis dans la même cérémonie religieuse, donner ainsi l'exemple le plus frappant d'une tolérance mutuelle. Là, le catholicisme n'affecte pas de grincer des dents à tout propos; il n'abuse pas de ses foudres; il sait que le temps de la discussion est arrivé pour lui, que la menace, la violence, l'anathème, ne lui rendront aucune des choses qu'il a perdues. Cette nouvelle situation, il l'accepte; il ne déclame pas, il étudie; il ne foudroie pas ses adversaires, il prend la peine de les réfuter; il ne lève pas la bannière de l'injure et de la calomnie; mais il suit pas à pas ses antagonistes dans tous les détours de la science. A une érudition sceptique, il répond, sans violence, par une érudition orthodoxe; et, dans la situation la plus difficile où un clergé soit placé, il pense que la première chose à faire pour regagner les esprits est de consentir loyalement à la lutte.

Pourquoi les conditions que le protestantisme a faites au catholicisme dans l'Europe du Nord, la philosophie et l'esprit d'examen ne les lui imposeraientils pas en France? Il ne faut pas lui laisser perdre un moment de vue qu'il a cessé d'être une religion d'état; qu'après avoir été rejeté de la France révolutionnaire, c'est à lui de la reconquérir, s'il le peut, par la force des doctrines, par l'autorité de la pensée, et qu'il doit mettre dans un oubli profond l'habitude de commander et de régner sans contrôle. Par malheur, lorsqu'il admet la discussion, il semble qu'il ignore où la question est posée; à entendre ses déclamations sur Locke et l'éclectisme, on dirait qu'il ne sait pas même où le danger le menace, et sur quel point le combat est désormais engagé. La question est posée cependant par la théologie moderne avec une précision à laquelle il est impossible d'échapper. Il ne s'agit pas des vagues théorèmes de la philosophie écossaise; oh! que le terrain est bien autrement brûlant, et qu'ils seraient peu avancés lorsqu'on leur accorderait tout ce qu'ils demandent avec une ingénuité véritablement effrayante! Puisqu'ils en détournent la tête, il faut donc les ramener au point vital de toute la question. Depuis cinquante ans, voilà l'Allemagne occupée tout entière à un sérieux examen de l'authenticité des livres saints du christianisme. Ces hommes, de diverses opinions, d'une science profonde et incontestable, ont étudié la lettre et l'esprit des Écritures avec une patience que rien n'a pu lasser. De cet examen est résulté un doute méthodique sur chacune des pages de la Bible. Estil vrai que le Pentateuque est l'œuvre, non de Moïse, mais de la tradition des lévites, que le livre de Job, la fin d'Isaïe, et, pour tout résumer, la plus grande partie de l'Ancien et du NouveauTestament sont apocryphes? Cela estil vrai? voilà toute la question, qui est aujourd'hui flagrante, et c'est celle dont vous ne parlez pas. Si, au siècle de Louis XIV, pareils problèmes eussent été posés, non pas isolément, obscurément, mais avec l'éclat qu'ils empruntent des universités du Nord, j'imagine que les prélats français ne se seraient pas amusés à combattre quelques vagues systèmes, mais qu'ils se seraient aussitôt attachés de toutes leurs forces au point qui met en péril les fondements même de la croyance. Car enfin, dans ce combat où nous sommes spectateurs, nous voyons bien les adversaires de l'orthodoxie qui marchent sans jamais s'arrêter, profitant de chaque ruine pour en consommer une autre: nous ne voyons pas ceux qui les combattent. Ou plutôt, les défenseurs de la foi, abandonnant le lieu du péril, feignent de triompher subtilement de quelques fantômes sans vie, en même temps qu'ils désertent le sanctuaire où l'ennemi fait irruption. Mais nous ne cesserons de les ramener au cercle brûlant que la science a tracé autour d'eux. C'est là, c'est là qu'est le péril, non pas dans les doutes timides que se permet, par intervalles, l'Université de France. Depuis que la science et le scepticisme d'un de Wette, d'un Gésénius, d'un Ewald, d'un Bohlen, ont porté le bouleversement dans la tradition canonique, qu'avezvous fait pour relever ce qu'ils ont renversé? Depuis que les catholiques, les croyants du Nord, sont aux prises avec ce scepticisme qui menace de détruire l'arbre par la racine, quel secours leur avezvous porté? Vous n'avez pas même entendu leurs cris de détresse! Où sont les avertissements, les apologies savantes de nos Bossuet, de nos Fénelon, contre les Jurieu et les Spinosa de nos jours? Où est la réfutation des recherches et des conclusions d'un Gésénius sur Isaïe, d'un Ewald sur les Psaumes, d'un Bohlen sur la Genèse, d'un de Wette sur le corps entier des Ecritures? Ce sont là, d'une part, des œuvres véritablement hostiles, puisqu'elles ne laissent rien subsister de l'autorité catholique, et de l'autre, de savants auteurs qui semblent parler sans nulle autre préoccupation que le désir sincère de la vérité; il ne suffit pas de les maudire, il faut les contredire avec une patience égale à celle dont ils ne se sont pas départis. Assurément il est plus facile de s'adresser, comme vous le faites, à une vaine abstraction, poursuivant et terrassant les imaginations que vous vous créez pour cela; mais ce détour ne peut satisfaire personne; car l'ennemi ne se déguise pas, il ne recule pas: au contraire, il vous provoque depuis longtemps. Il est debout, il parle officiellement dans les chaires et les universités du Nord; et, pour nous, simples laïques, que pouvonsnous faire, sinon vous presser de répliquer enfin à tous ces savants hommes qui ne vous attaquent pas sous un masque, qui ne vous harcèlent pas, ne vous provoquent pas en fuyant, mais qui publiquement prétendent vous ruiner à visage découvert? Répondez donc sans tarder, il le faut; répondez sans tergiverser, mais aussi sans calomnier personne, et, ne vous servant que des armes loyales de la science et de l'intelligence, revenez au plus tôt là où est le péril; quittez les ombres sur lesquelles le triomphe est aisé. Entre vos adversaires qui, tranquillement, chaque jour, vous arrachent des mains une page des Ecritures, et vous qui gardez le silence ou parlez d'autre chose, que pouvezvous demander de nous, sinon que nous consentions à suspendre notre jugement aussi longtemps que vous suspendrez votre réponse? Avant de songer à attaquer, songez donc à vous défendre, puisque, encore une fois, la philosophie, la philologie, la théologie du Nord, se vantent, à la face du ciel, de vous avoir enlevé les fondements de votre autorité, en détruisant, sous vos yeux, l'autorité de l'Écriture, sans que vous paraissiez seulement vous apercevoir de ce qui vous manque! Êtesvous décidés à laisser effacer sous vos yeux, et sans rien dire, jusqu'à la dernière page des livres révélés? Certes, ce serait là le spectacle le plus inouï dont on eût entendu parler, que de vous voir triompher quand il faudrait gémir! Vous parlez de Voltaire, de Locke, de Reid; mais ils sont morts: ce sont les vivants qui vous assiégent, et ce sont eux dont vous ne vous inquiétez pas! Et c'est le moment que vous choisissez pour vous enorgueillir de la victoire! et vous parlez, vous agissez comme si rien ne s'était passé! Avouez que c'est là un triomphe effrayant, et que, si vous avez des ennemis, ils doivent désirer qu'il ne finisse pas.

D'où est venue cette illusion? d'une situation fausse pour tout le monde. Les concessions trompeuses que se sont faites mutuellement la croyance et la science, n'ont servi qu'à les altérer l'une et l'autre. L'orthodoxie, qui a voulu pendant quelque temps s'identifier avec la philosophie, en a pris les formes et le manteau. De son côté, la philosophie s'est vantée d'être orthodoxe; déguisant ses doctrines, elle a souvent affecté le langage de l'église; après l'avoir bouleversée au siècle dernier, elle a prétendu, dans celuici, la réparer sans la changer. Dans cette confusion des rôles, que de pensées, que d'esprits ont été faussés! et, pour résultat, quelle stérilité! Enchaînée par cette fausse trêve, la tradition, transformée, altérée, méconnaissable, avait perdu son propre génie. La langue même se ressentait de ce chaos. On ne parlait plus de l'église, mais de l'école catholique. D'autre part, que devenait la philosophie sous son masque de chaque jour? Obligée de détourner le sens de chacune de ses pensées, se ménageant toujours une double issue, l'une vers le monde et l'autre vers l'église, parlant à double entente, elle retournait à grands pas vers la scolastique, dont elle avait déjà pris soin d'exalter par avance les services et le génie. A petit bruit, sans scandale, on marchait en France à la ruine de la religion par la philosophie, et de la philosophie par la religion, ou plutôt au néant, puisque le véritable néant, c'est d'habiter le mensonge; c'est, pour le croyant, de déguiser sa croyance sous l'apparence du système; c'est, pour le philosophe, de déguiser sa philosophie sous les insignes de ceux qui la combattent.

Les attaques violentes, injustes, quelquefois calomnieuses, qui viennent de retentir sur tous les tons, peuvent donc avoir le grand avantage de replacer chacun dans sa condition naturelle. Il faut même, jusqu'à un certain point, féliciter l'église de s'être lassée la première de la trêve menteuse que l'on avait achetée si chèrement de part et d'autre; et nous ne songerons pas à nous plaindre, si tout cet éclat peut ramener sur le terrain de la vérité les sectes religieuses et les sectes philosophiques, qui semblaient, d'un commun accord, vouloir également s'y soustraire.

Tout serait, en effet, perdu, si la même indifférence qui se glisse peu à peu dans la vie civile, si les mêmes transactions, les mêmes accommodements, les mêmes déguisements où s'use la société politique, pénétraient jusque dans les plus hautes régions de l'intelligence, dans le domaine des croyances et des idées; si là aussi le faux et le vrai avaient les mêmes couleurs, si l'on passait indifféremment de l'un à l'autre, de la gauche à la droite, de la droite à la gauche; si, au moyen d'une sorte d'idiome parlementaire, on pouvait flatter, caresser tout ensemble le mensonge et la vérité, le bien et le mal, le ciel et l'enfer, réduisant à la fois la croyance et la science à une pure fiction, que l'on admet aujourd'hui, que l'on rejette demain, et renversant ainsi le mot de Pascal: Mensonge en deçà des Pyrénées, mensonge au delà, vérité nulle part! Plutôt que d'assister à un pareil dénouement, nous aimons mieux encore voir se réveiller contre nous et nos amis la colère et l'anathème des tièdes.

Aton bien songé, cependant, à quoi l'on s'engage, quand on parle d'un enseignement strictement catholique? Celuilà mériterait ce nom qui déduirait de la seule tradition ecclésiastique le fondement de toutes les connaissances, et détournerait, de gré ou de force, le sens de tous les faits, pour les rapporter à un système conçu, adopté d'avance, les yeux fermés, sans discussion, sans examen, sans observations. Après cela, un seul moment de liberté, d'impartialité pour la raison humaine, et tout cet échafaudage d'orthodoxie disparaît sans retour; il ne reste qu'une opinion monstrueuse qui, affectant tout ensemble l'autorité de l'église et celle de la science, compromet la première en parodiant la seconde. Imagine qui le voudra une géologie, une physique ou une chimie sur le fondement de la légende dorée.

Dans le fond, la vieille querelle du clergé et de l'Université n'est rien autre chose que celle qui partage l'esprit humain. Le clergé, dans cette lutte, représente la croyance; l'Université, la science; et il faut que chacune de ces voies soit suivie jusqu'au bout, sans entraves. C'est même en se développant librement, chacune dans son domaine, que ces deux puissances peuvent un jour se rapprocher et s'unir, tandis qu'en prétendant soumettre l'une à l'autre par la seule autorité du plus fort ou du plus grand nombre, on ne fait rien en réalité que détruire l'une ou l'autre. Que serait aujourd'hui la science, si, dans la physique, elle n'eût osé, par l'astronomie de Galilée, contredire l'astronomie de Josué, et dans la philosophie, par le doute méthodique de Descartes, suspendre l'autorité de l'Eglise?

Cette liberté, qui d'abord a été le principe de la science, est devenue le principe de la société civile et politique, de telle sorte que l'Etat ne peut plus même professer officiellement dans ses chaires l'intolérance, ni le dogme: hors de l'Église point de salut; car ce serait professer le contraire de son dogme politique, suivant lequel catholiques, luthériens, calvinistes, sont également appelés et élus sans distinction de croyance. D'où il suit que l'enseignement qui mentirait à la loi serait celui qui, au nom d'une église quelconque, voudrait condamner, anathématiser, proscrire moralement toutes les autres; la doctrine schismatique serait aujourd'hui celle qui, au lieu de chercher dans chacune des croyances établies et reconnues la part de vérité et de grandeur qui y est renfermée, prétendrait les immoler à une seule. Voilà l'enseignement qui se mettrait véritablement en contradiction, non pas seulement avec l'esprit de ce siècle, mais avec la loi fondamentale de la France. En supposant qu'on lui abandonnât pour un moment le champ sans discussion, on voit assez que la lutte ne serait plus entre des opinions, mais entre la loi constitutive de ce pays, d'un côté, et les sectaires de l'autre. Malgré la clémence de l'opinion, nous conseillons à ces derniers de ne pas recommencer, en la harcelant, un jeu qui leur a déjà couté cher. Ce ne serait pas toujours le combat de la mouche et du lion.

II

Voici les paroles auxquelles je fais allusion, page . Au moment où elles furent prononcées, il était aisé de voir ce qui se préparait.

DU SOMMEIL DE L'ESPRIT.

Bien que l'on m'assure que dans les choses humaines la leçon de la veille ne doit jamais servir au lendemain, je vous dirai, comme le résultat de l'enseignement qui ressort de ce spectacle du Midi: Préservezvous, défendezvous, gardezvous du sommeil de l'esprit; il est trompeur; il pénètre par toutes les voies, cent fois plus difficile à rompre que le sommeil du corps. Ne croyez pas car c'est là une des idées par lesquelles il commence à s'insinuer, ne croyez pas, avec votre siècle, que l'or peut tout, fait tout, est tout. Qui donc a possédé plus d'or que l'Espagne, et qui aujourd'hui a les mains plus vides que l'Espagne? Ne reniez pas, au nom de la tradition, la liberté de discussion, l'indépendance sainte de l'esprit humain. Qui donc les a reniées plus que l'Espagne, et qui est aujourd'hui plus durement châtié que l'Espagne dans la famille chrétienne? Vous qui entrez dans la vie, ne dites pas que vous êtes déjà lassés sans avoir couru, que vous respirez dans votre époque un air qui empêche les grandes pensées de naître, les courageux sacrifices de se consommer, les vocations désintéressées de se prononcer, les hardies entreprises de s'accomplir; qu'un souffle a passé sur votre tête, qu'il a glacé par hasard dans votre cœur le germe de l'avenir, que vous ne pouvez résister seuls à l'influence d'une société matérialiste, et qu'enfin ce n'est pas votre faute si, jeunes, vous souffrez déjà du désabusement et de l'expérience de l'âge mûr. Ne dites pas cela, car c'est le conseil le plus insidieux du sommeil de l'esprit. Par quel étrange miracle vous trouveriezvous fatigués du travail d'autrui? Pendant que vos pères couraient sans relâche d'un bout à l'autre sur tous les champs de bataille de l'Europe, où étiezvous? que faisiezvous? Vous reposiez tranquillement dans le berceau; éveillezvous maintenant aux combats de l'intelligence, pour ne plus vous endormir que dans la mort! Le monde est nouveau aux hommes nouveaux, et c'est un bonheur que beaucoup de gens vous envient d'appartenir à un pays qui, suivant les instincts que feront prévaloir les générations les plus jeunes, peut encore opter entre le commencement du déclin ou la continuation des jours de gloire.